本書由河南大學黄河文明省部共建協同創新中心資助出版

黎世序集

〔清〕黎世序　撰
張進德　點校

中州古籍出版社
·鄭州·

◎清代中州名家叢書

圖書在版編目(CIP)數據

黎世序集 /（清）黎世序撰；張進德點校 . —鄭州：中州古籍出版社，2020. 11
（清代中州名家叢書）
ISBN 978-7-5348-9492-3

Ⅰ. ①黎… Ⅱ. ①黎… ②張… Ⅲ. 中國文學－古典文學－作品綜合集－清代 Ⅳ. ① I214.92

中國版本圖書館 CIP 數據核字（2020）第 227581 號

LI SHIXU JI
黎世序集

策劃編輯：馬　達
統　　籌：劉　曉
責任編輯：趙建新
責任校對：岳秀霞
裝幀設計：曾晶晶

出 版 社　中州古籍出版社（地址：鄭州市鄭東新區祥盛街 27 號 6 層
郵編：450016　電話：0371-65723280）
發行單位　新華書店
承印單位　河南大美印刷有限公司
開　　本　890 mm × 1240 mm　1/32
印　　張　9.125
字　　數　195 千字
印　　數　1—1 000 册
版　　次　2020 年 11 月第 1 版
印　　次　2020 年 11 月第 1 次印刷
定　　價　45.00 元

前言

黎世序（一七七二—一八二四），初名承惠，字景和，號湛溪，羅山縣人。清嘉慶、道光年間治河名臣。

世序幼年家貧，孤而向學，乾隆五十八年（一七九三）舉於鄉，嘉慶元年（一七九六）中進士，同年授爲江西星子知縣。世序上任之初，才幹尚未顯露，頗爲吏民所輕。然見其處事幹練明敏，剖决如流，衆人方大爲嘆服。不久調署南豐，懲治凶頑，奸猾匿迹，市井肅清，百姓稱快。再調任南昌知縣。南昌乃江西省城大邑，事務繁劇。世序每天晨起處理事務，退食後接待賓客，清理案牘，夜以繼日，處理公務文書曾連續五夜不知疲倦，被縣中老吏視爲神人。南昌害民者，『棍辣、賊竊、賭博、私宰』爲甚，前任縣令治理不力。百姓訴訟全縣，吏胥因緣勾結，表裹爲奸，私繫無辜，爲害良民。世序莅任後，命當庭投遞訴狀，當面披詢，驅玩法之徒，懲作奸之吏；對於潑皮凶頑，則密訪嚴拘，痛加懲治。有積猾難以捕獲者，則親帶壯捕，迹其所在而擒之，依法决遣，四境肅然。爲官五載，廉明勤慎，庭無滯訟，獄無淹囚，凡數十年沉積獄訟盡决，治狀爲一時之最。當時南昌彭蠡湖（今鄱陽湖）之富倉、安樂等圩連年决口，水患頻仍，四鄉農田荒歉無收，百姓生活無着。黎世序微服簡從，跑遍全境，實地勘察，瞭解水情，制訂了開河、築圩、泄洪、浚淤的治理方案，自己帶頭捐出俸禄，并號召全縣百姓出錢出力。圩堤很快築好，制伏了水患，百姓深受其惠。同時，黎世序還非常重視德教，化育子弟，尤以創復東湖書院、沾溉士類傳爲美談。東湖書院自明初廢弃，幾達五百年之久。當地士民屢議興復，但由於各種原因，始終没有結果。世序毅然引爲己任，慨然捐出三千金加以倡導。當地士民深爲感佩，争相捐助，僅僅三個月，書院順利落成。黎世序又延名師主之，并親爲講授，聚一邑之子弟弦誦其中，澤之以《詩》《書》，淑之以禮樂，見者無不驚嘆。影響所及，周圍州縣效法興辦書院數十處，教澤沾被士類甚衆。後來黎世序殁於南河帥任，南昌士人深爲悲痛，以東湖書院講堂改建專祠祀之，又呈請各憲祀府學名宦祠，以示感佩不忘。

嘉慶十三年（一八〇八），黎世序擢爲江蘇鎮江知府，從此潛心鑽研治水學問，整理舊籍《湖漕成案》《練湖考》《練湖歌叙録》諸書，主編《練湖志》十卷。鎮江丹陽之練湖（舊名曲阿後湖）年久失修，積淤爲田，每到汛期，常成水患。黎世序一方面查閲文獻圖籍，汲取前人治水之法；一方面實地勘察，廣泛聽取百姓意見，決定在浚淤的同時，再修建三座水閘，可蓄可泄，既利通行航船，又能灌溉農田。練湖水患從此得到治理。任職三載，潛心治理農田、水運，二者交利，皆受其益；又修寶晋書院及丹徒縣學宫，地方士民受益頗大。

嘉慶十六年（一八一一），黎世序調任淮海道員。清人認爲，黃河在洪澤湖以下漫溢成灾，根源在於海口不暢，因此主張治河應從治理海口著手。關於海口的治理方案，主要有兩種觀點：一種是主張接築黃河兩岸大堤，束水以攻沙，從而使河水暢出入海；另一種是主張廢弃原來淤沙阻滯的海口，開挖新的入海口。徐州附近海口淤積，河水毀漫大堤。當時主管河務的官員主張開挖新河，疏通淮河海口，引水入海。黎世序則認爲開挖新的入海口難度太大，挑河築堤、修復海口更爲妥當。不然的話，下游淤閉，全河次第墊高，不但兩江境内不能宴安，就連河南、山東兩省也會受到影響。他力排衆議，堅持己見，接築河堤，束水攻沙，使海口淤積疏浚，河復返故道入海，深得兩江總督百齡的稱許，嘉其『人才難得』，并轉奏皇上，任命世序負責治理。世序亦不負衆望，取得了良好的治理效果。

嘉慶十七年（一八一二），黎世序調任淮陽道。不久，江南河道總督陳鳳翔被革職，詔加世序三品頂戴，代理南河總督之職，俟三年後果稱職，始實授。黎世序專職督辦河務，開始了長達十三年的黃河治理生涯。其子和親朋聞訊後欲前往謀求官職，他手諭兒子：『今黃河水患頻仍，運河急待疏浚。……功以才成，業因才就，爾其能否？』其廉明操守可鑒。

嘉慶二十年（一八一五），黎世序經過實地勘察，發現徐州十八里屯舊有東、西兩閘，金門僅寬三丈五尺，不足以減水。而西南虎山腰兩山對峙，凹處寬二十餘丈，山根石脚相連，正可作天然滚壩。北面臨河，即十八里屯，山岡淤於泥中，剥平山頂，可改作臨河滚壩。這樣以虎山腰爲重門擎托，可期穩固。遂上書皇上，得以施行。這年夏天，洪湖遇大水，拆展東清、禦黄兩壩，啓山盱引河滚壩，清水暢出，與黄河水一并東瀉衝刷河道。成效顯著，特詔嘉奬，被賜花翎。

嘉慶二十一年（一八一六），黎世序開鑿龍、虎二山之根作滚水壩以減水勢。二十二年，因禦黄壩刷深不能施工，東清壩掣溜太急，亦難穩立，請於舊二壩水淺處添築重壩，又於東清壩外添建一壩，以爲重門鉗束，於是比歲安瀾，奏減料價一成。二十三年，在峰、泰二山之間建滚水壩以減盛漲，從而大大減輕海口的水患。道光元年（一八二一），入覲，宣宗嘉其勞勩，加太子少保，賜詩以寵之。

黎世序長年辛勤，操持河務，積勞成疾，道光四年（一八二四）農曆正月二十一日，病逝於清江浦，歸葬於羅山定遠。宣宗皇帝褒其忠勤，優加贈恤，嘉之曰『幹國良臣』，加世序尚書銜，贈太子太保，令有司議恤典祭葬如制，謚曰『襄勤』，入祀賢良祠，并賜《御賜黎襄公詩碑》《御賜祭文碑》《黎襄勤公入祀賢良祠碑》三通，立於墓所，當地人稱爲『御碑亭』，有『偉哉防浚力，瘁矣十三年』之句。世序爲官之地，皆紛紛吁請爲其建祠祭祀。江南官員奏請入祀淮安府名宦祠。此後，道光帝亦經常將黎世序作爲河臣榜樣，對河臣加以訓誡。如道光四年（一八二四）十月批評張文浩時曾説：『從前黎世序綜理南河，歷年以來，汛水安瀾。』同年十二月，又對即將調任南河總督的嚴烺説：『以始終忠勤之黎世序爲法，負恩誤國之張文浩爲戒。』同治七年（一八六八），又敕封黎世序爲孚惠河神。

乾隆末年以來，河官習爲奢侈，帑多中飽，治理不力，遂至黄河無歲不决。黎世序出任南河總督十三年，汲取明代潘季訓、清初靳輔等人治理黄河、淮河的成功經驗，從實際出發，針對黄河本身及治理過程中出現的種種問題，運用『分洪治水』的理論，改『束水攻沙』爲『重門鉗束』，改厢埽爲石頭鋪面，構築堤坡，既縮短了工期，又節約了開支，取得了巨大的效益和良好的治理效果；并對積久的河工弊政嚴加整飭，人不能欺，帑不虚費；首開降減料價之例，最大限度地防止了貪瀆行爲的發生，節省了大量的開支，使黄河河務面貌焕然一新。《清史稿》稱：『世序治河，力舉束水對壩，課種柳株，驗土埽，稽垛牛，減漕規例價。行之既久，灘柳茂密，土料如林，工修河暢。南河歲修三百萬兩爲率，每年必節省二三十萬。碎石坦坡，自靳輔始用之於高堰，後蘭第錫、吴璥、徐端偶一用之；世序始用之於通工，謗言四起，世序力持，卒獲其效。』

對黎世序治理黄河取得的成績，人們給予了相當高的評價。如吴璥就曾説：『（嘉慶）十九年以後，清水暢行，清口刷深，海口通暢，爲十餘年所未有，實屬大好氣象。』清朝宗室昭槤在其著作《嘯亭續録》中高度評價：『南河賴以安瀾者十有二載，爲近代之所罕有。』徐珂在《清稗類鈔》中稱黎世序爲『靳文襄後所僅見也』。

黎世序一生精研治水，在公事繁忙之餘不廢讀書，筆耕不輟，著有《東南河渠提要》一百二十卷、與人合編《續行水金鑒》一百五十六卷，這兩部書成爲我國水利工程的經典名著。此外，還著有《河上易注》十卷，《黎襄勤公奏議》六卷和《湛溪文集》多卷。

《黎襄勤公奏議》共收録黎世序奏議六卷二十八篇，是他在河務治理的過程中給嘉慶、道光皇帝所上的奏疏，牽涉河湖治理的一系列問題，包括疏浚海口，接築長堤，挑挖引河，修建、改建大壩，展寬河面，以及工程用料等。在這些奏議中，我們看到黎世序不僅勤於鑽研古代治水理論，吸納借鑒前人成功的治水經驗，而且能根據現實的情況變化，遵循成規而又不泥於成規，『師前人之意，而不泥其迹』，變通辦理，因時定制，就勢施工，因地制宜，隨時而變，對古人理論給予合乎邏輯的發展深化，在古人經驗的基礎上進行大膽的創新，從而制訂出合理的治理方案。每一項具體治理方案的出臺，他都要經過反復、縝密的論證，廣泛徵求意見，稽考前人成敗，現場實地勘察，未雨綢繆，防患未然，從而使方案周詳、可行；　在實施的過程中，他又不辭勞苦，親莅現場，監督施工，從而杜絶了偷工減料行爲的發生，保證了工程的質量。針對河務治理的種種弊端，他又能從大局出發，想國家所想，懲罰尸位素餐之徒，起用廉能精幹之人；　調查市場行情，查訪物料價格，合理精細預算，改革弊政弊俗，既杜絶了浮冒貪瀆的發生，爲國節省了開支。作爲一位河臣，他又始終不忘民瘼，把民生疾苦放在心上，興辦學校，賑恤飢寒，懲治頑劣，移風易俗。正因爲對國一片赤誠，對民一顆赤心，履任兢兢業業，做事一絲不苟，黎世序深得嘉慶、道光皇帝的信賴，也贏得了百姓的擁戴。也正因此，他的奏議大都爲帝王所采信，其在實施自己治水理念的同時，嘉惠百姓多多。孫玉庭《黎襄勤公奏議叙》説他『凡河務事宜，靡不究心；前賢治河各書，靡不周覽。融會貫通，心知其義。故凡所條議，必中窽要。……一切疏防機宜，皆早作夜思，曲盡其誠，未嘗一日宴安，備極勞瘁。……十餘年來，安瀾奏績者，皆公之事功也。以故受知兩朝，備叨恩遇，生榮死哀，卓然爲一代偉人』。

身爲皇帝依賴的河臣，黎世序將主要精力都用在了繁忙的公務上。但在操勞河務的間隙，他也不廢讀書，筆耕不輟，給我們留下了不少詩詞篇什。這些作品的内容相當廣泛，大凡仕履宦迹、咏史懷古、狀物摹景、親情友誼、酬贈唱和、題圖贊書、感悟遣興、風土文物、圣衷民瘼等均有涉及；體裁則不拘一格，五言七言、古體近體兼擅。

本次對黎世序詩文的整理工作，奏議部分以清代道光丁亥（七年，一八二七）《黎襄勤公奏議》『本衙藏板』本爲底本。該本爲黎世序之子黎學淳所編，共六卷，收録了黎世序的奏議二十八篇。詩、詞、紀、叙部分則以清代咸豐庚申（十年，一八六〇）《謙豫齋全集》刻本爲底本。該本共分六卷。卷一至卷四爲詩歌，即《謙豫齋詩鈔》；卷五爲文，即《謙豫齋文鈔》；卷六爲詞，即《謙豫齋詞鈔》（附《謙豫齋聯鈔》）。

附録部分收録原序文四篇，包括奏議序文兩篇、詩歌序文兩篇；傳記資料八篇；祭奠評介五篇；遺事輯佚兩篇。

由於整理者水平所限，書中難免存在疏誤之處，敬祈讀者批評指正。

凡例

一、本書旨在對黎世序現存的詩、詞、文等作品進行整理，整理方式主要是點校、輯佚，目的是爲學界提供一個可靠的黎世序的別集。

二、本書整理的依據，奏議部分以清代道光丁亥（七年，一八二七）《黎襄勤公奏議》『本衙藏板』本爲底本。該本凡六卷，由黎世序之子黎學淳編定（前五卷係黎世序生前擇其要者比類輯録），收録了黎世序的奏議二十八篇。詩、詞、紀、叙部分則以清代咸豐庚申（十年，一八六〇）《謙豫齋全集》刻本爲底本。該本凡六卷。卷一至卷四爲詩歌，卷五爲文，卷六爲詞（附聯鈔）。

三、本書的整理遵循一般校勘原則：异體字、俗體字、避諱字徑改，不出校記；對於底本模糊不清無法辨識者，則以■標識。《謙豫齋全集》卷五之文，本次整理時將其大部分移至《文·奏議》卷六之後，原《謙豫齋全集》卷六改作卷五。

四、本書附録部分彙集了有關黎世序的文集序跋四篇、傳記資料八篇、祭奠評介五篇以及遺事輯佚兩篇。

目録

文 奏議 卷一

文 奏議 卷二

文　奏議　卷三

文　奏議　卷四

文　奏議　卷五

文　奏議　卷六

文　紀·記·敘

詩歌　謙豫齋詩鈔　卷一

詩歌　謙豫齋詩鈔　卷二

詩歌　謙豫齋詩鈔　卷三

詩歌　謙豫齋詩鈔　卷四

補遺

詞　謙豫齋詞鈔　卷五

謙豫齋聯鈔

附録一　文集序跋

附録一　傳記資料

附録二　祭奠評介

附録四　遺事輯佚

文奏議 卷一

籌商海口議稟總河陳

敬稟者：職道日前查勘海口情形，自八巨港以至海口，業已逐漸刷深，惟自七巨港以至東窪十餘里尚未刷通。現在督率委員實力疏浚，當即稟明鈞鑒在案。嗣職道自海口回浦，行至俞家灘地方，見南岸土山被歷次風暴刷通，大溜南趨者十之六七，由舊河形直衝入灘；其正河溜勢甚微，原深一丈有餘者，近止深三四尺。雖溜行南岸，尚在大堤之内，誠恐正河淤塞而南趨之，溜至新堤尾，又復散漫不能全歸正河，此近日形勢之變，與前不同。加以倪家灘北岸新堤地勢平窪，内外皆有漫灘積水，已爲風浪擊通。前經稟明憲鑒，嗣奉鈞批，上年於海口接築新堤，辦理原未盡善。語云：『河不雙行。』所以築堤攔截爲束水攻沙之計，施之於上游則可，施之於尾閭則不可。凡河至尾閭，不必强其一路歸海，行所無事，順其就下之性而已。

馬港口決後，大溜已走三年，而豫東以及江境晏安，無事即可，毋庸辦理。必欲挽其就下之性，而使之上行，挑河築堤，致糜經費；若果能深通復其故道，亦爲善策。乃攔潮壩築於二木樓以下，三十餘里窒礙紆迴，置之不議不論，并未一律挑通，遂至河流不能直達，四處漫灘。既欲築新堤以束水，自當相度形勢，選擇淤土，估計高寬，層土層硪，以爲抵禦。本部堂前此查勘，皆係就近沙土，并無硪土，原估已屬不敷，工員又復偷減，而且於低窪之處一并接築，所以冰凌纔化，漫水即與堤平；風浪一來，堤脚半爲坍去。查南岸之十巨港，北岸之倪家灘一帶，最爲窪下。一經桃汛，其欲不漫堤頂，焉可得乎？桃汛如此，大汛又將如之何？

本部堂察看情形，是以奏明，仍遵舊制防守。南岸自黿工尾而止，北岸自七套而止。若欲防守新堤，是以有用之金錢而置之無用之地，每年非數十萬金不可。且北岸新堤之北，盡是荒灘，地形窪下，又無村落人烟。俞本套原係入海之路，若不掣溜，無須築堤，任其蕩漾，以資容納；若必掣溜，何不順其就下之性，而必與之争地乎？

且水不遇埽則不刷深，以二尺之水，偶有微溜，若廂做埽段，陡然刷深一二丈至三四丈不等。人但知下埽能防溜，而不知埽能引溜也，所以有新堤不可。廂工之奏，年來錢糧動輒數百萬至一千數百萬，若添此新堤，防守則經費更無所底止。或云溜勢分泄，誠恐海口淤墊，則當日所建之毛城鋪、峰山四閘、王營減壩，皆係分泄去路，即如禦黄壩，重運經由，必須啓放，年年分泄，何獨至於尾閭而慮其水勢分道乎？

其海口之淤墊，皆由於豐工、曹工、衡工漫口連次掣溜，所謂上潰下壅也。上年既未一律挑挖深通，爲今之計，祇有將中泓淺處疏浚，認真辦理，自有成效。若欲補堤，是與水争地，殊覺未然。秋後察看情形，再行斟酌可耳。此繳。

仰見大人全河在握，指示周詳，職道凜遵之下，無任敬佩。惟思治河之要，如賈讓之説，既迂遠難行；近世如潘印川、靳文襄治河，著有成績，皆主束水攻沙之議。潘印川之言曰：『海無可浚之理，惟當導河以歸之海，則以水治水，即浚海之策也。然河又非可以人力導也。欲順其性，先懼其溢。惟當繕治堤防，俾無旁決，則水由地中，沙隨水去，即導河之策也。』靳文襄公開闢海口云：『海口之高，皆因關外原屬坪廠漫灘，以故出關之外，亦隨地散淌。散淌則無力，無力則沙停耳。』《禹貢》：『同爲逆河，入於海。』夫河而以逆名，海湧而上，河流而下，兩相敵而後入，故逆也。』今日之雲梯關外，是即今日之逆河也。而不堤以求其同，不同以求其入海也，得乎？爰是於雲梯關外，兩岸築堤，凡出關散淌之水，咸逼束於中，涓滴不得外溢。從此二瀆就軌，一往急湍，衝沙有力，海口之壅積不浚而自闢矣。

又第一疏云：『自雲梯關以至海口，尚有百里之遥。除近海二十里，潮大土濕之處無庸置議，其餘八十里，若不量加挑浚以導之，量築堤岸以束之，大水驟至，不能承受，歸槽勢必四處漫溢。雖關外漫溢與運道民生無涉，然一經漫溢，則正河之流必緩，流緩則沙必停，沙停則底必墊。關外之底既墊，則關内之底必淤，不過數年，當復見今日之患。故切切以雲梯關外爲重，而力請築堤束水，用保萬全。又潘、靳二公皆力排改海口之議，以爲多費人力，猶不能深闊如故，且故而能淤，新亦可淤。自古迄今，墊而疏，疏而墊者，不知凡幾。今之治者，偶見一決蟄者，便欲弃故覓新，懦者輒自委之天數，議論紛起，年復一年，幾何而不至奪河哉！兩公之言，試有成效，似不可易。』

今河自馬港口決後，試看數年，卒未刷成河形。乃蒙宸衷睿斷，不惜數百萬帑金，挑復舊河，爲保全民生、漕運之計，又於兩岸接築新堤，使之束流攻沙，似與潘、靳二公符合。乃靳文襄築堤，去海止二十里。今之新堤尾，去海尚六七十里，適當東窪卑下之處而止，引河又未接挑，以致開放引河之後，河由南北堤尾分爲三股，四處漫溢，正溜雖走，中泓勢已微弱。近日海口雖漸覺刷深，而上游形勢不時改變，即有混江龍、鐵掃帚各器具及時疏浚，既苦緩不濟急，且溜一旁分中泓停滯，此等器具皆無所用。現在兩岸倒漾之水逐漸上移，是四處分泄，去路尚不通暢，已可概見。將來一交大汛，泥沙愈多，海口一帶淤墊更易，上游各工處處吃重，深爲可慮。加以兩岸新堤原估已屬卑矮，兼未相度形勢，選擇淤土硪築堅實，工員又復偷減，誠如鈞諭，冰凌纔化，漫水即與堤平，風浪一來，堤脚半爲坍去。仰蒙憲臺洞燭情形，以欲防守新堤，每年非數十萬金不可，是以有用之金錢，而置之無用之地。是以奏明，仍遵舊制防守，南岸自竈工尾而止，北岸自七套而止。自以上年承辦未當，幾置數百萬帑金於虛糜。海口既不能通暢，新堤又不能束流，議守則虛擲金錢，接築則無可措手，祇得任其分泄，保全上游，俟秋後察看情形，再行斟酌。輾轉苦心，不得不爲權宜辦理。

然職道愚昧之見，以爲束流刷沙之議，終不可易改；創海口之説，終恐難成；新堤究應加長，防守終不可廢。自馬港口決後，雖已數年，豫、江二省尚無漫缺之事。然決口衝刷三年，河形未成，反將莞瀆六塘各河一概淤閉。上游黄河日墊日高，運口倒灌日益日甚，以致裹揚各廳，決口頻仍。上年洪湖蓄水一丈七尺，尚不能暢出刷黄，旋復東潰，此三年之中，不能晏安，而所費四千萬帑金，即在此三年之内，此順其就下之性，必不可恃。

非水之不可順其性也，黄水挾沙泥而行，不以人力佐之，旋即自壅。孟子曰：『人性之善也，猶水之就下也。』人性雖善，而蔽於物欲，則有時而昏，必以禮義防之，則去其物欲，而歸於善。水雖就下，而壅於泥沙，則有時而遏，必以堤防束之，則刷其泥沙而歸於下。南河自陳家浦馬港口連次衝決，上潰下壅，海口已淤，加以散淌多年，上游河底亦墊，今雖河復故道，而水勢分泄，到處普漫。若再不爲攔水刷沙之計，任其四處散淌，恐海口幷射陽湖、俞本套全行淤墊矣。海口既墊，而雲梯關内亦水緩沙停，再議修闢，益難措手。至毛城鋪、峰山四閘、王營減壩雖爲分泄去路，止以泄盛漲之水，并不泄歸槽之水，與海口分泄不同。近年諸閘啓閉不時，運口連年倒灌，河身受病未嘗不由於此，未可爲長遠通行之法。《禹貢》：『又北，播爲九河。』同爲逆河，而今則任其散淌，不特與《禹貢》逆河之義不符，且與潘、靳二公之論不合。難冀底定，此束水攻沙之説，必不可易也。

議者以爲舊海口淤高，必須另鑿海口，方能通暢。毋論大工甫竣，木已成舟，不便再議，且現自八巨港以至海口，業已深通，是淤墊不在海口，而在七巨港以上。若能於此處挑河築堤，攔約漫灘之水，并力攻刷，自能通暢。若馬港口、俞本套二處，地勢雖窪，中多蘆根，任其衝刷，終難通暢。不過漫溢一二年，仍行淤閉。若多施人力，深挑引河，高築長堤，未嘗不可以成河。但事屬新創，恐工費亦屬不貲，反不如就舊海口已成之勢，工費稍省，且舊河可淤，新河亦可淤。況馬港口下奪北潮河入海，而北潮河爲莞瀆六塘等河宣泄駱馬湖各水去路，其下游現爲黄河淤塞，安東以下積水縱横數十里，勢如巨浸。若黄河常行該處，日久灘高，必至阻遏各水去路，恐安東海州之間，化爲洪湖矣。此改創海口之説，終恐難成也。

至南北新堤，原估已屬卑矮，又不相度形勢，沙土浮鬆，工員偷減，誠所不免。然尚屬束水攻沙之意，從前業已短築三十里，漫灘之水漾至堤裏堤外，皆是就現在而論。兩道殘缺，新堤誠爲贅瘤，然尚望冬令水涸之後，人力可施，方議接長加高，爲一勞永逸之計。如河灘涸出，易於取土，將兩新堤遵照原奏接築三十里至大淤尖爲止，亦不過多費十餘萬金。即接築十五里至七巨港爲止，已足約攔水勢，不過六七萬金可辦。再將已築新堤幫寬培高，間段厢做防風，亦不過十餘萬金。統計多費二十餘萬金，使全河之水并力攻刷，堅守一二年，河已深通，水落歸槽，再行遵照舊制，下游不必厢埽，以爲節省錢糧之意，未爲不可。

職道每思靳文襄公急急於海口接築新堤，係急爲醫病者説法。譬如不惜重費，購覓參苓，以冀病勢就痊。至高中堂勒石雲梯關，以下游不費料物厢埽，彼時頻年晏安，河已深通，是爲無病者説法，可爲勤儉節省之計。此時河勢之病，比靳文襄公之時更甚，乃欲惜費，任其自然，不爲療治，尚安望其可痊乎？

職道是以前請扎枕掩護新堤，守得一里，尚收一里東流之益；保得一段，將來即省一段接築之工。此新堤必應接長，將來堤成，防守終不可廢也。自古無不治之河，亦斷無河不遵軌而能治之理。上年挑河築堤，修復海口，似非立議之不善，乃承辦者未照原議，創爲節省之説，減少丈尺，以致功虧一簣，事敗垂成，深爲可惜。爲今思補救之術，似舍接堤之外，更無他策。

職道日前愚見，猶欲趁桃汛之後，水落灘見，即擬估接新堤。但圈水取土，事既難行，且恐春夏之交，汛水長發不時，未便即辦。但今年伏、秋二汛，幸保無恙，秋後接堤之舉，似斷不可省。若兩岸新堤全行接築，至下游高灘爲止，俾水無旁溢，并力衝刷，海口一帶，可望深通。從此河流順軌，永慶安瀾。費既無多，而上年所辦工程，尚不至全歸廢弃。若不遵守成訓，廢弃新堤，幸海口消散之路寬，冀上游防守之可保，轉瞬下游淤閉，全河次第擡高，恐不獨江境不能晏安，即豫東二省，亦難保無事也。

職道性本迂庸，於河工從未經歷，仰蒙大人知遇，奏升新缺，畀以海口重任，午夜感悚，莫鳴惴惴。惟檢前人成説，反覆推求，及前日親赴海口查看情形，焦灼寸心，莫知補救。幸賴大人深悉水土平成之要，素抱公忠體國之誠，凡屬内外共知，爲南河一大轉機，順軌安瀾，無難馴致。職道惟有恪遵訓示，何敢喋瀆多言！惟是一事未信於心，不敢雷同附和。用是不揣愚昧，摭拾前人成説，參以己意，縷悉稟呈。伏候憲臺采擇，指示遵行，實爲公便。

嘉慶十六年閏三月初五日。

估疏海口長河議 三道會銜稟總督百總河陳

敬稟者：職道等接奉鈞札，以憲臺查勘海口情形，并審度全河局勢，奏奉諭旨，飭即欽遵會同妥速酌籌，分別急次應修，通盤計算需銀若干。既不可稍涉浮濫，亦不可意存惜費，再循故轍；并何時可以辦理、完善之處，詳悉具稟等因。

奉此伏查，本年黄河漫缺各口，除棉拐山業經堵合外，其減壩李家樓兩處，自當將減壩首先堵閉。但籌堵之際，必先清理下游。是減壩以下估挑引河，及挑挖倪家灘以下之淤灘，補築北岸新堤缺口；再於兩堤尾接築土堰，并長河間段抽挑，籌備堵閉減壩料物，俱爲目前最要之急務。謹會同將應辦各工程，分别急次情形，并需銀若干，開具節略清摺，并造具各項估册，恭呈憲電俟奉鈞批。

凡急辦之工，即當分別請發銀兩，派員上緊趕辦。現當堤河并舉之時，其購備減壩料物，前已禀奉憲臺，酌發銀兩，分飭委員購辦。俟各員將料物交有成數後，再行續請接應，全數交工具報。待至堤河工程將竣，則減壩料物已齊，即於減壩兩岸一齊進占攢堵，并即啓放。減工以下之攔河壩，放水下注，以成吸川之勢，而壩工合龍亦易。既合之後，并將清口再大加展寬，使洪湖之水益得暢出下注，衝刷長河淤沙歸海，不患河底刷滌不深，此實難得之機會。所有挑河、築堤并堵合減壩各工，統限於十一月内完竣。其李家樓漫口，雖應趕緊興辦，惟該處挑挖引河及長河淤淺并儲集料物需費不貲，實恐不能同時籌辦，應請俟減壩以下工竣，來春再行堵築，以分緩急。除裏河運口蓋壩，仰荷憲臺指示機宜，接長幫寬，做成磨盤式，使分回溜東入運河，挑逼正溜北趨清口，以符三分濟運七分刷黄之舊制，現經遵照辦竣，不復贅列。又十套石壩工程暫緩，辦理減工石壩另籌修造外，所有減壩以下，挑築堤河各工，計共估需銀一百零九萬八千三百九十八兩零。至堵築減壩，除已做裏頭，并接進埽占之外，仍約估需銀四十餘萬兩。前經憲臺兩次奏請，動撥江蘇、蕪湖、鳳陽、藩關各庫銀六十一萬兩，又淮、浙商捐銀一百五十萬兩，職道等遵照奏定章程，悉心籌酌核實，撙節辦理，總期工歸實用，帑不虚糜，以冀永臻妥善。

肅此具禀，伏乞訓示祇遵。

計開：

一、減壩以下河身淤墊，宜加挑浚也。查黄河漫缺口門以下，正河必致停沙淤墊。其淤墊深淺，又以逼近決口數千丈爲最甚。凡堵辦缺口，必先將引河挑挖通暢，及放水下注，溜勢全歸引河，方能將口門進占堵合。此次減壩下游，自攔河壩起，至山安廳屬之李工止，淤墊最甚，應行挑挖引河，俾水有去路。内有老壩工一帶，河道因舊積淤灘，尤應加挑寬深，另款開列，候示遵行。其餘河段，今估挑口寬二十一二丈至二十三四丈不等，底寬十六丈，深至一丈一尺及一丈三四尺不等。又自李工下至倪家灘以上，淤墊稍輕，俱存有河槽，内有無水者，有水深至一二尺至八九尺一丈有餘不等者，且係本年新淤，停積未久，尚易衝刷，自應擇淺抽溝引水下注，毋庸普挑，以節錢糧。今於無水并水深一二尺河面窄狹者，即估挑溝渠一道，底寬八丈，口寬十三丈不等，深自六七尺至一丈不等，計自王營減壩起，至倪家灘迤上駱家莊止，挑河抽溝，共長一萬二千七百八十二丈。又自倪家灘迤上駱家莊起至八灘下止，淤長三千五百二十二丈，必須挑挖寬深方能通暢。今估挑底寬十六丈，口寬自十九丈至二十一丈六尺不等，深自七八尺至一丈四尺不等。又宋家尖上年所挑引河一段，計長七十二丈，現在口寬三十三丈，兩岸土係膠淤，難以刷寬，恐過於逼窄，水難暢注。今估於南岸挑切牽寬四丈，挑深一丈，庶大汛之時，不至逼束。又二木樓以下，尚有淺灘，應行挑切，計長二百丈，共估土四千方。以上自外河王營減壩起，至八灘下二木樓下止，挑河抽溝，并築攔潮壩，工共估土二百萬零九千九百五十二方五分。所有挑工方價，應以所挑丈尺之深淺核計，并奉憲臺示定。出土以五十丈爲限，每方增給銀三分。今擬連所增之數，凡挑深六尺以上者，每方准給銀三錢五分；七尺以下者，准給銀三錢七分；挑深一丈至一丈三四尺者，准給銀四錢；挑深一丈五尺以外者，准給銀四錢三分。均於估册内分别核算錢糧之數。至以挑出之土，做成縷堤，每方另再加掀硪銀四分，以俾工員人夫不致苦累，合并陳明。

一、老壩工一帶，積年淤灘，應較長河格外加挑寬深，以資河流暢順也。查老壩工一帶，舊積淤灘周圍十四五里，形同癥結，既梗黄流下達之勢，復阻清水出口之機，實爲淮、黄匯注處積患。向俱因循不辦，以致留此痼疾。今應乘此大河斷流之際，及早挑除，加挖深通，首先興辦。俾將來黄水歸故，以資遄暢東趨。估挑工長八百零五丈，底寬二十丈，口寬二十六丈四尺八寸不等，深一丈六七尺不等，共估土二十九萬九千五百八十一方。每方遵照憲定四錢三分，共銀十二萬八千八百十九兩八錢三分。擬派二十五分人員承挑，業經職道克家核明開册，禀蒙憲准遵即飭行工員遵照辦理，并核明銀數，禀請憲臺飭發，首先趕辦。再查該工河頭一段，應接挑長五丈，以順上段之勢，共估土一千七百六十九方。該土方銀七百六十兩六錢七分，應歸第七段承辦之員并挑，統於總册内彙核發辦，合并陳明。

一、挑河之土，應遵諭旨遠處堆積，并應攤成坡形，以免塌卸入河也。查向年挑河出土，定以離河口三十丈爲率。所出之土，既屬較近而堆積成山，一經水勢下注，即不免衝刷入河。今次挑工遵奉憲批，以挑起之土，離河口五十丈傾卸，只許平卸，其高以四尺爲度，就便攤成坡形，即可爲約攔水勢之計，不准就近傾卸，積成土山，致遺後患。其方價并遵照憲示，每方增給銀三分。方價既增，如再有仍前貪近傾倒，以及積高成山者，職道等隨時查察，并責成總催分催之員，押令將所傾之土翻挑坍平外，其承辦之員，仍嚴行揭參；挑工之邊掀等重責，枷號在工，以示懲儆。

倪家灘各處缺口，亟宜補還。上年所築新堤，宜加幫培，并於堤尾接長，以資束水攻沙也。查上年堵辦馬港口，曾於以下南、北兩岸估築新堤，因氣勢較短，凌汛後水即漫灘，由兩堤尾分流倒漾。地勢低窪之處，水與堤平，以致倪家灘一帶先後漫缺多處。九套以下，除衝刷溝槽之外，其餘僅有堤形。兹奉奏明，一律幫培高厚。又南岸自二木樓起，接至七巨港止，北岸自葉家社起，接至王家灘爲止，俱經遵照，逐一詳估。其幫培堤工，仍以頂寬二丈，高出本年盛漲水痕四尺爲度。其僅有堤形之處，分別存土多寡，一律估築，其堤身完整處加高二三尺不等。其順堤河形間段，築做土壩攔截。統計南岸自竈工尾起至二木樓止，加幫共估土十三萬四千三百零二方二分五厘；北岸自四套起至葉家社止，補還缺口，加幫堤身，共估土四十萬零六千零五十八方八分八厘。又南岸接築新堤，計長二千一百二十五丈，共估土六萬一千一百九十六方六分二厘；北岸接築新堤，計長二千四百六十丈，共估土十一萬四千四百五十四方。統計南、北兩堤幫培接築，共估土七十一萬七千零十一方七分五厘。每方價銀三錢，其有稀淤及越水取土之處，另行加增，共估銀二十三萬三千零五十二兩三錢三分八厘。内惟北岸倪家灘一帶，填補缺口，築還原堤，并南、北兩堤尾接築新堤，間段添築子埝，截斷旁溢河槽，俱爲必不可緩之工。即應派員發帑，與挑河之工同時完竣。至南岸竈工尾以下幫培堤身，并北岸四套以至九套幫培堤身，尚可緩至歲底春初再行興辦。庶工員可敷派遣人力，不致措手不及矣。

一、倪家灘一帶，挑河取土宜仿古人成法，改作縷堤也。查長河形勢，總以寬百丈，深一二丈，方能通暢。刷沙過狹，則漫灘四溢，正河仍復停沙。至歷次挑挖，引河寬不過二十丈内外，原不及河身之半，全賴水力衝刷，方能成河。但水力衝刷，亦非數月不能。若尚未寬深之前即至，溢出河槽，若係舊河兩岸，既有老崖約束，不致驟至堤根，且遠年舊堤，土既堅實，并有埽壩抵禦，雖至堤根，亦無可虞；至倪家灘一帶平灘漫衍，既無老崖約攔水勢，上年所築新堤地勢窪下，土多沙鬆，一經水勢漫灘，乘風擊撞，勢有可慮；現在該處正河淤墊，雖估工大加挑挖，仍不過寬二十丈内外。若全黄下注驟未刷寬之際，勢必仍行漫灘；漫灘則中流力弱，衝刷即緩。又前築兩堤南北相去七八里及十餘里不等，地勢太遠，只可作爲遥堤。一經水勢出槽，漫灘無所峽束，且水至堤根，衝成溝槽，四散分流，中泓水力益弱。此次估挑之河，若不妥爲籌計，將來水再漫灘，仍循故轍，必致復有水緩沙停之患。况急流犯風之處，又須廂做防風，工段太長，勞費甚大。

職道等因查靳文襄公前八疏内議挑河第一疏云：『即取河中之土，用築兩岸之堤。寓浚於築，爲一舉兩得之計。擬於河身兩旁近水之處，離水三丈，各挑引河一道，面闊八丈，底闊二丈，深一丈二尺。待淮、黄下注之時，將舊有并新鑿之河衝刷爲一。計可寬四十丈，深二丈，并不窄淺，從此日洗日刷日寬日深，自可復當時之舊矣。其所浚丈尺計，每地一丈，掘土六十方，即以挑出之土築做兩岸之堤。』其後八疏内第一疏云，『臣又各處閲歷，細察情形，遥堤固屬必需，而縷堤尤不可少。蓋黄河流急則沙行，流緩則沙墊。而河身窄則流急，寬則流緩，莫妙於築縷堤以束水，而以遥堤并加築格堤，用防衝决，使守堤人等盡力防護縷堤。設或大水异漲，即有漫衝，亦至遥堤、格堤而止，自不至於奪河成缺，隨將縷堤仍舊築起，爲工亦易。請將原估築遥堤之土六十方，分築遥、縷二堤，并量增格堤，一并加意防守』各等語。近年挑河之土，即堆積沿河兩岸，又不能一律接連，使水由缺出，溢處反順兩堤根分流，是昔人川字河合三而爲一者，今反晰一而爲三矣。使其束水攻沙，安可得乎？此次挑辦長河，除雲梯關以上舊有河槽老崖足以束水之處無庸置議外，其倪家灘應挑之三千餘丈，應請即照仿前人成法，將挑河之土遠送上岸，離河口五十丈外，分築南、北縷堤二道。其挑河深淺不一，即土方多寡不一，總限令堤高五尺，臨河坦坡加六收分至頂，寬六七八丈不等，不必限定，總以用盡所起之土爲止。至挑河取土，遵照成法，毋庸另給方價。每土一方，止增給攤土夯硪夫工銀四分。此項縷堤，既寬厚有餘，亦不必再責令保錐，止須夯築平整爲止。如此仿照古人成式辦理，既免工員任意傾弃，仍復汕刷入河，亦可藉以束水，河身衝刷較易，似爲一舉兩得。但所築縷堤，止自倪家灘至八灘一段，計長二十里，難保水不自上游漫溢出槽，繞至縷堤背後行走，則縷堤仍不得力。今職道等再四籌度，北岸自馬港口以下，南岸自陳家浦以下，上年挑河，土山多有存者，惟間段刷坍之處，大小缺口業已逐一丈量，估築小堰，一律接連，并將上年所存土山，派員一律削培平整，俾免傾卸。北岸馬港口下，并有從前官築土堰一道，尚存三千餘丈。擬即將土堰接至附近土山，將南、北兩岸横溢溝槽概行截築，并於倪家灘南、北縷堤之後各估築格堤二道，自遥堤直至縷堤、格堤，頂寬一丈五尺，底寬四丈五尺至五丈一尺，高五六尺。即偶有上游土山坍通，亦祇至遥堤、格堤而止，不致順堤行溜，又致正河淤淺。如此辦理，水無旁泄，計引河南、北兩岸餘地各五十丈，不難盡行刷去，河面寬至一百二十丈，深亦可至一二丈，去路便已通暢，所有縷堤亦可毋庸防守矣。倘河道於一百二十丈之外更能刷寬，將舊有土山并現築縷堤一概刷去，河道更通暢有餘，亦毋庸更爲補築。職道詢之該處弁兵并附近居民，皆云前次堵辦，陳家浦、馬港口引河未能刷深，水勢漫灘旁溢不旋踵，而又有決堤之患者，未嘗不坐此病。是以憲臺前於查看海口時，八灘民人有王瑄等請於外灘築月堰之稟。雖該土民等因欲保護田廬，不無爲己之心，但其所言適與前人符合。是以職道等仿照估計，并造册繪圖，肅呈憲鑒，伏候訓示。至八灘以下去海較近，又有接築新堤爲之約攔，東注大海甚易，似可無需縷堤矣。

一、此次挑河築堤，勒限宜嚴。應派工員，宜加選擇也。查清口以下，向苦黃强淮弱，清水不能暢出助黃刷沙，是以河身日墊日高。此次蕭南李家樓漫溢，雖於全河大局不無工多費重，但全黃澄清，由洪湖暢出清口衝刷河身，於下游一帶未始非一善機。即應將下游挑河築堤，派員發價，趕緊搶辦早竣，放水下注，以資刷滌之益。清水暢泄歸海，可免洪湖水勢漲滿之患。所有現在各工業已詳估，仰乞憲臺核定，即一面派員趕辦。計工員人夫催齊，約於九月初間開工，勒限五十日，計於十月底一律完竣，開放引河，以便減壩趕緊進占堵閉，計於十一月內，均可完竣。至向年辦工草率疲累之員，一概剔除；於現在實缺及候補人員內，詳加挑檢勤幹可靠之員派委。奉懇憲臺於地方人員內，遴選各員來工協同浚築，更臻妥速之益。

一、總催分催之員，宜選擇得人，并責令地方營縣住工彈壓也。查堤河工程，全在總催分催之員不避嫌怨，催督有方，并隨時調度。俾工員及早完竣，應請先爲遴選，以便早爲布置。至此次堤河并舉，人夫衆多，良莠不一，難保無行凶爲匪、賭博、鬥毆并聚衆把持情事，應仍照向例，即飭地方營縣，帶同兵役住工彈壓。再查上年馬工同時興舉，多有人夫居奇，不惟重索底錢，且有鑽充夫頭，領錢到手即行逃騙。無夫到工，工員恐致貽誤，只得措項重價另雇。及將騙帑潛逃之夫頭移知地方官拘究追繳，一味置之高閣，以致工員遲誤，累帑多由於此。此次應請嚴飭徐、淮、揚三府各州縣嚴行查辦，并出示曉諭，一面責令總催分催在於工次稽查。如有前情，即一面行縣究治，一面通禀究辦，俾狡猾夫頭知所儆惕，不致騙累。

一、外河廳屬王營減壩口門，即應堵合，挽河歸正也。查王營減壩尾，土堤漫蟄，刷寬口門八十餘丈，除已將兩壩裹頭廂築并接進埽占外，現仍存口寬約六十餘丈，即應接手儹堵，挽河歸正。今擬幫築壩臺寬六丈，外廂邊埽寬三丈，中做夾土壩，寬一丈五尺，壩後跟澆大土戧，并將舊壩邊埽等工腐朽殘缺之處一律廂築堅整，仍計約需正雜料土銀四十餘萬兩。現已分飭各廳縣委員等分投趕購，一俟料物集有成數，并口門以下正河挑浚，有四五分工程後，即兩壩同時并舉，進埽廂築，剋期堵合。竣事所用料土錢糧，工竣核實開報。

一、外河廳屬減壩、石滾壩工程應行砌建，以備減泄也。查減壩、石滾壩工程，上年業經估定，飭委桃南沈倅等承辦。嗣因壩基原估處所未能妥協，節經禀委劉參將復勘，并禀奉憲臺定議，正在擇期興辦。即值減壩工外首臨黄，柴壩尾土堤漫蟄，壩基爲水漫注，未能施工修砌。現在臨黄柴壩已集料儹堵，俟堵竣石壩基涸出後再行確勘，禀請憲臺示定，以便及早集匠趕砌完竣，以備減泄。其石壩之外，應備開放之縷堤。盤頭鉗口壩邊埽等工，應俟石壩砌成後，再行勘核請辦。

一、七套以下，建設減水石壩，宜次第估辦也。現在挑復正河，加築長堤，俾河水并力東注，自可刷滌通暢。猶恐偶逢异漲，一時宣泄不及，奏明上游修復王營減壩，下游於七套以下添建石減壩一座以備宣泄，由俞本套入海。職道等公同籌議建造減壩，必擇土性堅實之處建造。將來開放，不致跌塘。今看得十套地方距俞本套較近，現有過水溝槽直達俞本套，形勢較順。現有河形，無庸挑挖引渠，且底係膠淤，不致跌塘，似於該處定立壩基爲妥。將來再於溝渠之旁添築土堰約攔水勢，不致泛濫。至估辦石工頭緒最爲繁多，現由參將逐細查估。俟估定再行造具清册，呈候憲臺查核示遵。

嘉慶十六年八月二十六日。

堅守新堤議稟總河陳

敬稟者：奉憲臺札開，上年於雲梯關外接築新堤，地勢南高北下，倪家灘更爲低窪，所以有守南堤而不守北堤之奏。督部堂百莅任後，會同查勘海口，本部堂力爲議論，北堤斷不可補築。不獨難守，抑係下游收窄，則盛漲之水，必不能容，上游更爲吃重。該道專主束水攻沙之説，以是督部堂奏奉諭旨允准，仍將北堤補還，并照原議，南岸接到大淤尖而止，北岸接至龍王廟而止，自應遵照辦理。本部堂日昨收驗挑工，經由北岸察看情形，倪家灘一帶，雖較上年淤高，而形勢尚爲窪下，所估堤工高寬丈尺，仍難抵禦盛漲。且土性沙鬆，必須厢做防風以爲護衛。又恐新淤之灘補築河堰，一經下埽定必刷深，恐防風未能保護，必須預爲籌畫，方不致仍蹈覆轍。又以引河寬不過二十丈，以河心中分，南北各五十丈卸土；中寬百丈，即將廢土築爲縷堤。恐將來黄水東注，奔騰澎湃，上游下游堤寬皆有數里，尚可任其暢流，足資容納。迨至倪家灘，三千數百丈束緊一百丈之寬，水勢必致擡高，恐山安、海防兩廳必致吃重。飭即詳細切實禀覆妥商，以期盡善等因，仰見憲臺思深慮遠，詳示機宜，無任感佩。

伏思束水攻沙，本前人經試之言，實爲治河不易之法。前明潘宫保創而行之，接築長堤，而河一治。國朝靳文襄公遵而行之，并添築縷堤，而河再治。近日海口愈遠，則接堤必須愈長。從前長、戴兩中堂查看海口，奏明接築長堤。南岸築至大淤尖爲止，北岸築至龍王廟爲止，原爲至當之論。止緣上年築堤，南、北兩岸各減去三十里，放河之後，水勢分流；後又倪家灘失守，隨處散淌，以致已挑之河，旋即淤墊。大汛之後，有長無消，上游決口頻仍。是本年之不束水去路極多，而到處淤墊，水竟不消，上游遂不能保全，已有明效大驗。此次下游挑河築堤，仰蒙憲臺會同制憲籌辦，仍照長、戴兩中堂原奏接築，已爲盡善之策，無可更易。惟北岸地稍窪下，經本年漫水淤墊，業已加高。現在估築堤工，高自九尺至一丈一二尺，比之南堤高一二三尺不等，已屬高厚有餘，足資抵禦。惟經溜之處，淤少沙多，誠不能免。業經職道督同該廳營估做防風，核准單長，詳明憲臺，聽候批示，發辦在案。至一經下埽，定必刷深，是河身迎溜之處則然，至漫灘之水無甚大溜，止恐犯風。若厢做防風，自足抵禦。况大堤之外間段估築土壩，溜勢外挑，堤根更不能刷深。第恐料物不能應手，防風不能預備，廳營恃有難守之説，猶持兩端，職道深以爲慮耳。至河身百丈之外，即將廢土築爲縷堤，恐收束過甚，水勢擡高，山、海兩廳吃重。職道伏查長河形勢，寬者不過百餘丈，狹者七八十丈。靳文襄公第一疏《川字河》云：『淮、黄下注之時，將舊有并新鑿之河衝刷爲一，計可寬四十丈，深二丈，便不窄淺。』夫四十丈尚不以爲窄，則河至百丈，其爲寬暢可知。今日所挑引河，寬止二十丈，若使不能刷寬，求爲百丈已不可得。若力能刷寬，水由河底搜刷，兩岸倒崖而下，亦不能限令只刷至百丈而止。即兩岸廢土築做縷堤之處，儘可任其塌卸。是以職道會同各道，將原估章程摺内第五條有云：水無旁瀉，計引河南、北兩岸餘地各五十丈，不難盡行刷去，河面寬至一百二十丈，深亦可至一二丈，去路便已通暢。所有縷堤，亦可毋庸防守矣。倘河道於一百二十丈之外更能刷寬，將舊有土山并現築縷堤一概刷去，河道更通暢有餘，亦更毋庸估築。原恐有以爲縷堤束水過甚者，上游各廳偶有疏失，藉爲口實，是以縷晰開呈。竊以今年之縷堤，原即向年之土山。向年土山距河唇止三十丈可以無礙，則今年縷堤距河唇四十丈更可無礙矣。向年土山可以隨水刷去，今年縷堤亦可隨水刷去。惟因上年土山隨處散堆，放河之後，龍溝空檔各處串水分溜，以至正泓無力，河槽不能刷成。今年就廢土築做縷堤，冀放河之後，水無旁趨，正河可冀衝刷，寬深任其塌卸，而不任其漫灘；任其力掙寬深，而不任其散淌。似縷堤之築，可收刷河之益，而不虞束水之患。山、海兩廳，似亦不至吃重。前已開呈章程摺一扣繪圖一紙，會同詳細，詳蒙憲臺核明飭辦。職道惟有遵照辦理。此後惟有嚴飭山、海二廳，預籌料物，慎重宣防，安、阜二廳，趕做防風，堅守新堤，同心協力，慎守一年，海口一帶可冀深通。以後隨時補偏救弊，防守較易。

茲奉札飭，理合詳細禀覆。伏乞憲臺訓示。

嘉慶十六年十二月初七日。

文 奏議 卷二

移建山盱仁、義、禮三壩初疏 兩江總督百

奏爲確勘仁、義、禮三壩必須移建緣由，繪圖恭摺具奏，仰祈聖鑒事：

竊照山盱五壩，收蓄湖潴，東則暢出清口，刷滌黄河；南則宣泄盛漲，保衛淮揚，洵爲南河最要關鍵。近年黄河因河底墊高，清口不能暢出，曾將智、禮二壩擡高壩脊，以期多收湖水，俾與黄河形勢高下相等，方可東注刷黄。乃以壩身陡立，水勢擡高，危險更甚。屢經開放，衝缺頻仍。壩外既有深槽，壩基愈多損壞。上年疊蒙睿訓，飭令趕緊修復，實爲至緊至要之工。

臣等督同道將廳營，并在工年久熟諳情形之原任徐州道候補通判張鼎、河營參將劉重確加履勘，親爲諮訪，知仁、義、禮三壩不惟石底無存，即底土亦跌成深塘，而塘之上下，又皆刷有深槽。若就原處修復，工鉅費繁，已難趕辦。且舊基受病過深，即使修復亦難經久。惟查蔣家壩以南，附近山崗地勢較高，土性堅實，以之移建，費較省而功倍速，足爲經久之圖。該處臨湖，均係坦坡。若開挖引渠，建立滚壩，其壩底與内外渠底相平，既可免懸溜衝刷，而相離舊壩引河亦復不遠，仍可引合一處，匯達高、寳諸湖，形勢極爲穩便。應請將仁、義、禮三壩均於該處建立。計

三壩齊築，并挑挖引河三道，統共約估需銀七十餘萬兩。而現在桃汛已届，同時興工，非剋日所能竣事。臣等再三籌計，必須不誤本年大汛之用，方爲周妥。惟有先挑三壩引渠，一面派員趕辦料物，將仁、義兩壩先儘改建，并將應行移建之禮壩暫爲緩辦。一俟引河挑浚，先將禮壩地基築做草壩，以備本年宣泄；仍俟仁、義兩壩建成，灰漿堅結之後，再將禮壩一律補建。如此次第辦理，即遇汛水漲發，亦可有備無患。刻下先建兩壩，并挑渠三道，計需費五十餘萬兩。一時籌撥，難以應手，查加培堰盱大堤，尚可擇要興辦，擬於原估堤工八十萬兩之内，先行分撥應用。臣等爲要工難緩，錢糧不易，是以作緩急轉移之計。除飭該管道廳會同張鼎等確切估報外，謹先繪圖貼説，附驛奏陳御覽。伏祈皇上睿鑒訓示。

謹奏。

嘉慶十八年三月初十日附驛拜進。

本月二十二日奉到朱批：『另有旨。欽此！』

同日承准軍機大臣字寄兩江總督百、署江南河道總督黎：

嘉慶十八年三月十六日，奉上諭：百齡等奏確勘仁、義、禮三壩必須移建一摺，并繪圖貼説，朕詳加披閱，當即召見扈從之軍機大臣及松筠指畫酌商。山盱五壩，爲宣泄洪湖盛漲，保護堰工而設。康熙年間，靳輔原議建仁、義、禮三壩；乾隆十六年，皇考高宗純皇帝特命建智、信兩壩，迄今歷有年所。其地形水勢，自必斟酌盡善。今該督等奏稱，仁、義、禮三壩近年屢經開放衝跌，壩基損壞，刷成深塘，難以修復，即修復亦難經久，擬於蔣家壩以南附近山崗之處，移建仁、義、禮三壩，并挑引河三道。儘先改建仁、義兩壩，將禮壩地基築做草壩，以備本年宣泄，計需費五十餘萬兩等語。

仁、義、禮三壩，既不能就原處修復，該督斟酌情形，奏請移建。但詳閱圖内，舊壩之下所繪民莊相距甚遠，現擬移建之處，界畫引河三道，兩旁民莊鱗次，則其間田畝廬墓，自必繁庶。所挖引河，淺狹水必泛溢，若挑挖寬深，恐所傷實多。且該處地勢既高，啓壩放水究能宣泄若干，引河須挑至若干丈尺、若干里數，原摺亦全未敘明，難以懸斷。其舊有三壩既不開放，則與堰堤無异，必須填砌堅實，與石堤聯爲一體，方足以資捍禦。堤頂處所，并應添建鋪房，派駐兵丁防守，方可保無疏失。合計各項需費，恐該督等所估銀數，以之興辦尚不敷用。事關謀始，不可不詳細酌核。

朕意：或於蔣家壩地方先行改建一壩，本年試爲啓放。若水勢順利，足以消減盛漲，并於附近田廬無傷，再議續改二壩。著該督等再行詳議是否可行，并統計引河寬深丈尺若干，工費若干，另行籌度，繪圖貼説具奏，再降諭旨。

又：百齡等另摺所奏首進幫船全數渡黄日期，并未將上届首進渡黄日期聲叙比較，殊屬疏漏，此次亦毋庸續開。其二進、三進幫船渡竣時，于具奏摺内將上届日期開明比較，則行走遲速，即可一覽而知也。

將此諭令知之。欽此！

覆議移建山盱仁、義、禮三壩疏

兩江總督百齡銜

奏爲移建山盱仁、義、禮三壩，復親詣查勘，遵旨詳議具奏，仰祈聖鑒事：

竊臣等承准廷寄，欽奉上諭：『百齡等奏確勘仁、義、禮三壩必須移建一摺，并繪圖貼説，朕詳加披閲，當即召見扈從之軍機大臣及松筠指畫酌商。山盱五壩，爲宣泄洪湖盛漲，保護堰工而設。康熙年間，靳輔原議建仁、義、禮三壩；乾隆十六年，皇考高宗純皇帝特命建智、信兩壩，迄今歷有年所。其地形水勢，自必斟酌盡善。今該督等奏稱，仁、義、禮三壩近年屢經開放衝跌，壩基損壞，刷成深塘，難以修復，即修復亦難經久，擬於蔣家壩以南附近山崗之處，移建仁、義、禮三壩并挑挖引河三道。儘先改建仁、義兩壩，將禮壩地基築做草壩，以備本年宣泄，計需費銀五十餘萬兩等語。仁、義、禮三壩既不能就原處修復，該督等斟酌情形，奏請移建。但詳閲圖内，舊壩之下所繪民莊相距甚遠，現擬移建之處，界畫引河三道，兩旁民莊鱗次，則其間田畝廬墓，自必繁庶。所挖引河，淺狹水必泛溢；若挑挖寬深，恐所傷實多。且該處地勢既高，啓壩放水究能宣泄若干，引河須挑至若干丈尺、若干里數，原摺亦全未叙明，難以懸斷。其舊有三壩既不開放，則與堰堤無异，必須填砌堅實，與石堤聯爲一體，方足以資捍禦。堤頂處所，并應添建鋪房，派駐弁丁防守，方可保無疏失。合計各項需費，恐該督等所估銀數，以之興辦尚不敷用。事關謀始，不可不詳細酌核。

『朕意：或於蔣家壩地方先行改建一壩，本年試爲啓放。若水勢順利，足以消減盛漲，并於附近田廬無傷，再議續改二壩。著該督等再行詳議是否可行，并統計引河寬深丈尺若干，工費若干，另行籌度，繪圖貼説具奏，再降諭旨。欽此！』仰見我皇上慎重節宣，精勤規畫。於臣等原奏未及之處，悉邀指示周詳。祇領之餘，欽佩感服，難以言喻。

伏查山盱五壩舊制，其西則對隔湖之淮河口，遠接來源；其東則入寶應之白馬湖，順勢直達。在從前建設時，地形水勢誠爲斟酌盡善，臣等何敢議改舊章，輕率興舉？惟因時因地，既形勢之不同，而籌蓄籌宣，實今昔之迥异。從前湖水收至八九尺，即可外出敵黄；嗣後盛漲，竟長至一丈二三尺。是以志樁一丈以外即須啓壩，以免堰圩堤工著重。近年黄河之底逐漸淤高，湖水即收至一丈四五尺，亦不能暢出禦黄壩衝刷洪流，迨盛漲長至一丈七八尺，不能不亟爲啓放。而水面既經擡高，一經放壩，勢如懸瀑，滚跌而下，力甚猛迅，壩下河底跌成深塘。跌塘過甚，堵閉遂難，無操縱在己之權，有傾瀉無餘之弊，下游水患實由於此。倘全湖無分泄之門，則堰盱百里長堤在在危險。設有疏虞，淮、揚兩郡先受其害。是分泄之路，必不可少。然舊日三壩，跌塘皆深至三四丈不等。臣等原思逐一修復，再四講求，不但錢糧浩大，所費甚鉅，且用土填實，即加以夯硪，而新舊土性相參，必不能膠凝堅實。糜帑多而勢難經久，殊屬無益。此臣等察看情形，未敢將就從事，不得不亟圖移建之原委也。

查設立滚壩，首重壩基，必須地高土堅，方可免刷滌寬深之患。即如徐州天然峰山等閘，皆就山脚建設，至今開放，并不跌塘，此其明驗。五壩一帶臨湖東岸，在前明時并未建築石堤，緣其地亦係蔣家壩以下，山崗餘氣所結，比周橋迤北土性稍堅，地勢亦覺稍高。我朝康熙年間，前河臣靳輔因淮、泗水發，湖源過盛，始於周橋以南接築石堤，以資捍衛，并議建滚壩，定制蓄水至九尺以上，即聽其滚泄，以利宣注之勢。今洪湖蓄水較從前益增，必須隨時由壩減泄，始保堤工。若壩座地勢不高，既恐水溢而旁潰，基土不實又恐力猛而跌深。舊壩既難修復，則臨時啓閉之機括竟無把握，此又臣等詳核形勢，不得不移於蔣家壩山坡以下地方建設之實情也。伏思不可不移者，在地勢；而必不可改者，係舊規。自應師前人之意而不泥其迹，擇現在之基而不改其制，斯爲妥協。

臣等復先後親詣蔣家壩以南建壩之處，逐細覆勘地勢。由西南老子山一帶向東南迤邐而下甚爲高亢，建壩可期穩固。現在估建三壩内，仁壩石底以湖水長至一丈二尺以外過水，義壩石底以湖水長至一丈一尺以外過水，禮壩石底以湖水長至一丈三尺以外過水，均係照舊壩。近年過水丈尺分別核定，壩身各寬六十丈，合計三壩過水已寬一百八十丈。將來按志次第開放分泄，自屬靈便。其壩下引河三道，各按地勢挑挖，長自七百餘丈至八百丈不等，計四里有餘。底寬自三十丈至四十丈不等，深至四尺至一二尺不等，河底均與壩底相平。泄水至大，不過數尺，其引河下泄之水，仍匯入舊壩。引河所泄之水，河内統歸高寶等湖東注，且順勢平瀉，不似舊三壩下之直掣。水以紆徐而溜緩，河身足資容納，斷不致涌溢出槽滋患。并於北面地勢稍低之處，接築攔堰一道，堤頂一律相平，更足防護無虞。該處南北村莊半在高阜，距引河兩岸尚遠，并無妨礙。雖頭二道河身内間有民冢，爲數無多。該處居民亦因移壩可免水患，情願遷避。臣等均酌量捐給遷費，并無抑勒。其兩岸不必遷移之冢，地勢甚高，河槽之水不致漫及。所有河身占用之荒熟地畝，仍即勘明，照例題豁咨部查核。臣等竊以如此斟酌辦理，所有湖水宣泄之機宜，引河匯流之處所，均與舊制相符。屢經詢之南河年久文武員弁，及山盱一帶老民，亦皆稱爲穩便。惟本年大汛届臨，信壩現在修理尚未完工，僅有智壩一處接長石底，雖尚可啓用，究不能十分放心，此時亟宜預籌宣泄之路。但現擬移壩處所，事屬創始，計須萬全，誠如聖諭，先建一座，試看本年過水情形，以昭詳慎。

臣等酌議，將義壩趕建石壩一座，挑挖引河一道，以備宣泄。復思洪湖水勢難以懸定，并將擬建仁壩處盤做草壩。其壩下引河一道，亦乘時挑出。多一路泄水，庶盛漲時更覺有備無患。一面備集料物，俾資臨時應用。臣等再四籌商，未敢拘泥。現即委員分投挑築，其改建之禮壩及壩下引河均暫緩辦理，俟秋汛後察看該壩泄水情形，再行奏請，訓示遵辦。至舊有三壩既不開放，自應填砌堅實。現在各該壩均加有柴土，後戧尚爲寬厚，可資抵禦。從前本有弁兵堡房，督令加意防守，此時毋庸添設，俟新壩建成之後再爲補築。石工與通工石堤聯爲一體，可期益臻鞏固。再臣等前議改建三壩、挑挖引河等費，計需銀五十餘萬兩。今擬先建石壩一座，趕挑引河二道，共祇需銀二十七萬餘兩。惟有督率文武工員核實經理，不敢稍任草率偷減。所有改建三壩情形，遵旨覆籌。謹繕摺附驛具奏，并繪具簡明圖說，恭呈御覽。伏乞皇上睿鑒。

謹奏。

嘉慶十八年四月二十三日由驛附進。

五月初七日奉到朱批：『朱批另有旨，欽此！』

同日承准軍機大臣字寄兩江總督百、署江南河道總督黎：

嘉慶十八年五月初一日，奉上諭： 百齡等奏，遵旨覆議移建山盱仁、義、禮三壩一摺。山盱仁、義、禮三壩，近年疊經啓放，跌塘過深，計有三四丈不等，勢難修復，即修復亦必不能經久，自不能不議改建。蔣家壩地勢高亢，逼近山根，土性堅實，壩基可期穩固； 新挑引河仍可歸舊壩引河宣泄，於該處民居亦無妨礙。該督等既覆加履勘，審度情形，力稱穩便，著即照所請改建。本年先將義壩趕建石壩一座，挑挖引河一道，并將仁壩地基先行盤做草壩，挑出引河，以備宣泄盛漲。所有趕做壩工，務須於大汛前一律辦竣。引河尤須挑挖寬深，俾水勢無旁溢之慮。如本年節宣得力，則三壩分年遞修，可以永資保障；而工費從容措辦，亦不致形支絀至。舊壩既不開放，尤須磌砌堅實。該處爲歷年水勢所趨，經行已熟，且外有數丈深塘，根脚不固，必須夯硪堅實，使與石壩聯爲一體。大汛時仍須多派弁兵，不分晝夜，住宿防護，勿稍疏懈，是爲至要。

又據奏履勘下河水利工程，次第興舉一摺。下河水利，現據覆加核計，官辦者有減無增，其餘民辦、商辦之工，雖略有加增，皆民田、鹽運攸關，亦應一律興辦。現在除官辦工程已趕辦完竣外，其應行先辦之工，著即照估飭修。俟秋成後，再將緩辦之工分別辦理惟是。現在帑項短絀，該督等奏辦之工，務須於國計民生實有裨益，仍當加意撙節，并隨時嚴察，不可令官吏絲毫侵冒，能使工歸實用。今年普慶安瀾，則河工日有起色，帑項亦可大加節省。勉之慎之。

將此諭令知之。欽此！

山盱蔣壩引河挑竣價廂仁、義壩工疏兩江總督百會銜

奏爲勘驗山盱廳屬蔣家壩迤南估挑引河，如式完竣。現在價廂仁、義兩壩頭柴壩并石壩底工程，

以備減泄盛漲。恭摺奏聞，仰祈聖鑒事：

竊照山盱仁、義、禮三道減水石壩，因歷年啓放，跌塘過深，勢難修復。經臣等勘議，在於蔣家壩迤南地亢土堅處所另行改建。

奏奉諭旨：『本年先將義壩趕建石壩一座，挑挖引河一道，并將仁壩地基先行盤做草壩，挑出引河，以備宣泄盛漲。所有趕做壩工，務須於大汛前一律辦竣。引河尤須挑挖寬深，俾水勢無旁溢之虞。如本年節宣得力，則三壩分年遞修，可以永資保障，而工費從容措辦，亦不致形支絀等因。欽此！』

臣等欽遵睿訓，即經派委文武員弁分投趕辦。并因所挑引河地近山岡，土帶砂礓，雖挑挖多費夫工，將來啓壩放水，可免跌塘之虞。惟河底土性既如此堅結，原估寬深丈尺，恐分泄未能通暢。祇承聖明指示機宜。引河尤須挑挖寬深，是以復將仁壩河底加深一尺，義壩河身展寬十丈，俾減下之水不致稍有旁溢。

再查兩道河尾形勢，尚有平衍之處，并經確勘，接估抽溝，以資通順。其兩岸應築束水攔水土堤，俱經派員分辦。即專委淮揚道徐承恩住工督催節據，各工員先後具報完竣。臣黎世序親詣該工，將各員承辦之引河并束水攔水堤壩等工逐細查勘丈量，俱屬如式，并無偷減。仁字壩盤做柴壩，亦已厢成，仍用重土追壓，以期十分穩固。義字壩石底工程，現亦上緊趕辦。

查洪湖水勢，自交夏至節後，陸續共長水一尺一寸，高堰志樁，現存水一丈三尺三寸，較比上年盛漲之水，計小三尺餘寸。察看現在情形，湖面寬廣足資容納，無須啓壩減泄。即續有長發在一丈五尺以內，總擬極力堅守，以收蓄清敵黄之益，兼使下河普慶豐登，以蘇積困。倘長至一丈五尺以外再有續長，即行相機酌啓壩工分減，計其時已在秋成之後，於下游可無妨礙。本年黄河水勢較上年盛漲亦小至三尺有餘，仰托聖主洪福，河底日刷日深，秋後水落，則清高於黄，湖水可冀暢出，刷黄濟運，以除倒灌之患，漸復當年舊制，實爲臣等至願。

至舊減水壩五道内仁、義、禮三壩，上年已將埽戧後内塘填築，寬厚足資抵禦。智壩接長石底之工，現已砌竣。信壩升高，壩底工程亦已興砌。臣等飭令照估趕辦，妥速完工。該五壩外首護埽間有風浪，掣蟄段落節經隨時補築完整，現俱一律堅鞏，極爲穩固。堰盱兩廳臨湖大石堤亦俱平穩，石堤後尾土因連次風浪，間段掣刷溝槽，均已勘估填補堅實。其加幫土工，現亦擇要派員分段興辦，務期處處籌備縝密，上慰聖心廑念。

所有勘驗山盱蔣家壩迤南估辦引河等工如式完竣，并堰盱兩廳堤壩工程一律堅實穩固情形，理合恭摺具奏。再查下河水利工程，先經奏明，擇要趕挑，并派委候補道毓岱帶同委員住工查催。查官辦、商辦工程，現已具報完竣；其民辦之工，現在趕辦，不日亦可竣事。仍俟該工普律辦齊後，臣等欽遵諭旨，即酌定一人親往查驗，不敢稍任草率從事。

謹附摺陳明，伏乞皇上睿鑒。

謹奏。

嘉慶十八年七月十三日拜進。

八月初十日奉到朱批：『實力妥辦，務期經久。欽此！』

查明清口、海口及堰盱湖河情形會籌疏浚事宜疏 欽差大臣吴兩江總督百會銜

奏爲查明清口、海口及堰盱一帶湖河情形，并會籌疏浚節宣事宜，以期河流順暢緣由，恭摺具奏，仰祈聖鑒事：

竊臣吴璥於本月十二日行抵清江，即將臣原估清口三道引河闢展各壩等工會同覆勘，應行辦理，并核定銀數，於十三日遵旨奏明在案。十四日，臣吴璥、臣黎世序即起行前往海口，率同道將等自上游沿河查看。禦黄壩下之迎水壩外有新漲灘嘴一處，稍覺阻礙，應估挑一百零八丈，以順其勢。又迤下王營減壩對岸，新灘挺出，且係膠淤，難以刷動，應於新灘南首挑挖深溝一道，長五百八十丈，分泄清水下達，俾得河勢暢行。又王家營迤下毛家嘴南岸有膠淤，灘嘴挺入河心，應開挖引渠一百九十八丈，使漸次刷寬，河身即可舒展。以上三處，撙節估計共需銀一萬八千二百餘兩。自毛家嘴以下至雲梯關一百八十餘里，又自雲梯關至八灘將及百里，雖經睢工漫口，河

身不免停淤。現因清水下注，又已刷深三四五尺，河面尚寬六七十丈，兜灣處所間有灘嘴，亦不至阻礙河流，俱可毋庸挑切。其自八灘以下，距海漸近，河亦漸寬漸深。十七日至海口詳細察看，南岸絲綱濱以下爲南尖，北岸龍王廟以下爲北尖。自北尖至南尖，約河寬幾及千丈，探量水深一丈三四五尺不等，滔滔東注，并無阻遏，過此則一望無際，即係大海。此現在長河通順，海口尤爲暢利之實在情形。臣百齡到清江後，即往看禦黄壩内外，所估切灘挑河展寬壩尾各工，皆係疏導湖水，使得多出清口，必應辦理之工，悉心酌議，意見相同，隨即同赴堰盱，詳加履勘。石堤子堰均屬整齊，惟上年節次風暴，高堰廳屬掣塌石工共長四百二十三丈零，山盱廳屬掣塌石工共長九百三十丈零，亟應補築，以禦汛漲。臣黎世序已飭道廳，分别新舊應賠〔二〕應修，確估趕辦。至仁、義、禮三處舊壩，俱已跌塘，未便啓放。惟智壩石底完整，信壩砌築將竣，可備宣泄之用。蔣家壩、新仁壩引河寬三十丈，義壩引河寬五十丈，其地係山根崗土建壩，甚可放心。惟河勢平衍，泄水不能如舊壩之迅急。臣黎世序擬將兩壩基及引河二道加挑寬深，共估需銀三萬餘兩，業經奏明在案。臣吴璥、臣百齡會同覆勘，壩基引河稍覺淺窄，自應照估加挑，宣泄較暢。至新創仁、義兩壩，原擬估建石滚壩，每壩約需費十六七萬兩。今臣等細加察勘，該處地勢本高，土性又極堅結，上年盤做裹頭，試行啓放，過水數月，土壩引河毫末刷動。當此經費浩繁之時，石壩尚可緩建，且俟二三年後，如土壩引河漸見刷深，再行酌看，改建石壩亦未爲遲。此籌辦堰盱新舊各壩，并展挑引河，以備減泄湖漲之情形也。

臣等伏查，本年淮、黄匯注洪湖，恐大汛時難以容納，自應未雨綢繆。但來源雖旺，如能去路暢行，則消長足以相抵，亦可無壅漲之虞。且現查海口水勢甚暢，海口以上三百餘里，長河溜雖平緩而流行通順，藉此清水下注，逐日刷滌，可望漸次加深。惟自東清壩至禦黄壩以下，河身積年淤墊過高，一時不能刷蕩寬深，以致湖水外注不暢，此係最關緊要之處。若不設法疏挑宣泄，不惟湖内慮其壅漲，即下游河身，亦難收清水刷沙之益。

臣等再四講求，現已奏明，於清口一帶估挑引河三道，并拆展各壩，使洪湖多出一分之水，即刷淤多得一分之力。又於迎水壩外、王營減壩、毛家嘴對岸三段淤灘阻礙之處擇要抽溝，展拓河勢。該工俱在禦黄壩以下二十里之内，相去甚近，掣溜較靈。如能於汛水長發時引溜漸急，刷淤漸深，湖漲自易暢消； 但恐積淤已久，清口急難刷透，湖内仍行旺盛，必須預籌各壩分減漲水，以保大堤。現在舊五壩尚存智、信兩壩可用，又有蔣家壩新挑仁、義兩道引河再加展寬挑深，俟交大汛，以次啓放，使之循序漸進，湖漲即可藉資分減。

臣等就目下河湖情形悉心詳議，雖汛水大小難以預定，而人力可施之處，如此先事籌辦，可期有備無患。臣百齡、臣黎世序仍於大汛時督率文武各員加意防守，隨時相機妥爲經理，以冀堤固瀾安，上副聖主廑念河防、保衛民生之意。

所有臣等查明清口、海口及堰盱湖河情形，并會籌疏浚節宣各事宜，因工關緊要，謹由驛四百里合詞恭摺具奏，并繪圖貼説，恭呈御覽。伏乞皇上睿鑒訓示。

嘉慶十九年正月二十五日由驛拜進。

二月初六日奉到朱批：『另有旨。欽此！』

同日承准軍機大臣字寄協辦大學士兩江總督百、署江南河道總督黎、河東河道總督吴、河南巡撫方：

嘉慶十九年二月初一日，奉上諭：吴璥等奏查勘清口、海口及堰盱一帶湖河情形，并會籌疏浚事宜一摺。前來前據百齡等奏睢州漫工亟須籌堵情形，當降旨交百齡、吴璥、方受疇通盤計畫。該處一經興工，即須一氣呵成。如能確有把握於伏汛前合龍，即定議趕緊興辦。但不可稍有稽遲，工程未竣，伏汛全臨，則所費錢糧皆成虚擲。百齡自已遵旨熟籌，據實覆奏。至清口一帶，估挑引河，拆展各壩，并於迎水壩外、王營減壩、毛家嘴等處擇要抽挑，及加挑兩壩引河，各工估需銀數無多，即著照所議，剋期趕辦。俾河湖盛漲，有路宣泄，爲有備無患之計。其堰盱掣塌石工，應趕緊賠修補築。新創仁、義兩壩之土壩引河，既毫未刷動，原估改建石壩之處自應從緩辦理。現在睢工未堵，全黄注湖，南河應行疏浚防守各事宜，著責成百齡、黎世序實心經理；其睢工堵築事宜，責成吴璥、方受疇詳籌妥辦。務各盡心力，以副委任。興工後進占丈尺，仍按十日具奏一次。將此由四百里各諭令知之。欽此！

【校記】

〔一〕賠，似應作『培』。後同。

仁河修建石底挑挖禮字引河疏 兩江總督百齡銜

奏爲預備減泄洪湖盛漲，改設山盱滚壩引河已奏；未辦工程，現在察看情形，急應擇要分別挑築，據實奏聞，仰祈聖鑒事：

竊查山盱五壩，宣泄洪湖盛漲，保衛淮揚，爲南河最要關鍵。而值黄河水長，必須多蓄湖水，方能放令暢出敵黄。湖中水勢擡高，由壩身陡瀉，其勢過猛，是以屢經開放，衝跌頻仍，舊仁、義、禮三壩不惟石底無存，即底土亦跌刷成塘，深至五六丈不等。若就原處修復，勢難經久。是以於嘉慶十八年，臣等奏請，於蔣家壩以南附近山崗地勢較高、土性堅實之處，另建仁、義、禮三壩。先爲挑挖引河，是年將仁、義兩引河挑成。原估先築仁字壩底，嗣因錢糧支絀，經欽差吴璥到工會同察看，土性尚堅，可以將壩底暫緩築做，先行啓放宣泄，亦經奏明在案。自十八年以來，洪湖叠經盛漲，隨時啓放引河宣泄，俱保平安，是山盱新挑引河甚爲得力，較之啓放舊壩，得有把握，已有明徵。惟現查仁字引河，經歷年過水，河底堅土漸有衝刷之處，堵閉頗形費手。恐年年開放，愈刷愈深則堵閉，錢糧益滋糜費，亟應遵照原擬建築石壩，以爲經久之計。第仁字河建築石壩工程繁重，非計日可成。且辦成後，須俟灰漿乾老始敢啓放。本年湖水漲發，即少一宣泄之路。設湖漲大汛經臨，盈堤拍岸，堰盱石工益增危險。必須先將禮字引河於大汛前趕緊挑成，以爲异漲節宣之備。庶蓄清敵黄，可操機括，而全湖汛水亦克無虞。計現挑禮字壩引河一道，先築仁字石壩一座，約估需銀二十五萬餘兩。前因王營減壩必需撥帑趕辦，預備啓放，若再同時請撥，未免爲數更多，籌款不易，是以未經并行具奏，而其實亦係必不可緩之工。臣黎世序於陛見之時，曾經面爲陳奏。仰蒙諭旨，與吴璥將南河事宜詳細熟商所有山盱禮字壩引河、仁字河滚壩，吴璥之意，亦以爲即應趕辦，庶本年大汛有備無虞。所需銀兩，一時籌撥爲難。查南河現在奏請撥發備防工需銀一百五十萬兩，可以先爲通融支應。如本年大汛，工用不敷，再爲隨時奏請撥發，庶於要工均可無誤，亦經面奏在案。臣黎世序回至清江，與臣百齡籌商，意見亦復相同。現在分派工員，一俟撥款解到，即行發辦，以備大汛之用。至義、禮兩壩，石底仍可暫緩，俟將來隨時察看情形，如必須添建，再爲具奏辦理。所有現在估挑禮字引河，先築仁字石壩緣由，謹繪圖貼説，恭摺奏聞，伏乞皇上睿鑒。

謹奏。

嘉慶二十一年三月初八日附驛拜進。

本月二十四日奉到朱批：『另有旨。欽此！』

同日承准：

嘉慶二十一年三月十二日，内閣奉上諭：百齡、黎世序奏請，將改設山盱滚壩引河工程，擇要挑築，并懇將本年修防工需未撥銀兩，照數撥給各一摺。此項改設引河滚壩，各工既據該督等奏稱，自新挖引河以來，連年啓放，著有成效。著照所請，准其將禮字壩引河一道、仁字石壩一座趕緊興修，以爲本年節宣之備。所有估需銀二十五萬餘兩，即於備防工需款内動撥，核實報銷。其前請備防工需未經撥給銀七十萬兩，著户部即於南河就近藩運關庫照數飭撥，迅速解工備用。欽此！

補還舊仁、義、禮三壩石堤疏 兩江總督孫會衛

奏爲山盱舊仁、義、禮三壩補還石堤，揚河、揚糧西岸培築堤工估辦情形，專摺奏明，仰祈聖鑒事：

竊照山盱廳屬舊設減水五壩内，仁、義、禮三壩跌塘太深，不能修復，另於蔣家壩迤南挑河三道，築壩以資分泄。所有舊仁、義、禮三壩已屬無用，應與長堤一律補還石工。又揚河、揚糧兩廳

西岸堤工多年未修，歷經盛漲浸泡汕刷，殘缺坍塌，應行修築。臣等於去年會奏請銀三十萬兩，先行采辦石料，分別布置，并聲明俟水落後再行確細勘估具奏，仰蒙聖明鑒允在案。

兹臣黎世序督飭淮揚道徐承恩、常鎮道王逢源等，分別逐細勘估發辦。查山盱舊仁、義兩壩，從前堵閉均於臨湖一面外越圈築，現在補築石工，應與兩頭石堤一律取直施工。內仁壩金門原寬七十丈，於嘉慶十六年啓放，將南裏頭衝塌，并帶塌後身石工二十餘丈。今連北裏頭迎水斜長改直接築，共長九十七丈。義壩金門原寬六十丈，北首石工從前啓放時，塌卸四丈餘尺。今連南北兩裏頭迎水斜長改直接築，共長七十四丈。至禮壩金門原寬七十丈，嘉慶十八年啓放復堵。因外面跌塘已深，係就壩下圈越堵閉。現在埽外即係深塘，難以取直補築。查該壩南北舊金剛墻尚皆堅整，就勢退後圈越補築，與兩金剛墻下裏頭相接，計長九十七丈。統計三壩補築石工，共長二百六十八丈。惟各壩金門均有衝跌深塘，辦理實屬不易。臣等督同道將反復籌估，各段高深不一。在老土未經刷深之處者砌石十六七層不等；在刷深跌塘之處，雖經填築新土，究恐未能堅結，酌估加深層路砌石自十九層至二十四層不等，面石均與上下大石堤一律相平。其石層加深之處，裏石襯磚亦遞行加增。磚石灰步尾土之下，多用長大樁木簽釘，以期新填底土克臻堅實，并將各舊壩不堪選用石塊，在於石工外塘深之處叠砌擁護，其石塊毋須估用錢糧。惟護石之外，酌釘關石木樁，所費無幾，而工程倍臻穩固。其補築石工及接連舊壩裏頭之後，應行補築土堤。地勢、河身深淺不一，除填補窪塘外，築高自一丈八尺至二丈三尺餘寸不等，與上下大堤相平，一律頂寬九丈，底寬照收估築。從此捍衛無虞，一勞永逸。

至揚河、揚糧兩廳西岸，堤工間段卑薄殘缺，坍塌無存。查揚河境內永安、高郵兩汛西堤，共長一萬三千二百五十九丈八尺，今幫培卑薄殘缺舊堤四千二百十三丈二尺，補築坍塌無存堤工四千九百零三丈三尺，就石工後幫培長四百二十九丈五尺。又間有石工後已臨運河，地勢窄狹，不能用土幫培，需廂柴埽。接築之處，計長二百七十七丈。揚糧境內，西岸堤工共長三千三百五十九丈，卑薄殘缺，今估幫培計長三千三百零二丈。總計兩廳培築堤工，共長一萬三千一百二十五丈。新頂估寬一丈至一丈五尺不等，底照收分估築，高出盛漲水痕一律三尺。大汛時捍禦漲水，東堤亦藉資重障，漕船縴挽便利，仍復從前規制。以上各工，共估需銀二十七萬餘兩。

兹臣孫玉庭來工，逐一會同覆加勘估無异。惟查補築石堤辦理情形較難，現在開槽清底，選剔舊料，恐尚有應行加工及可以節省之處，估用銀數將來或有增減，均未可定。臣等惟有隨時核實辦理，再行奏明報銷。現在督令承辦各員分投興築，均限於大汛前一律完工，以資防守。仍時刻查察，不任工員稍有草率偷減，以期料實工堅，仰副我皇上慎重修防、核實錢糧之至意。

爲此專摺奏聞，伏乞皇上睿鑒。

謹奏。

嘉慶二十三年二月十八日拜進。

三月初八日奉到朱批：『工部知道。欽此！』

文奏議 卷三

札道將府廳州縣合議徐州減水壩事宜 總督百會札

竊查河防舊制，閘壩與堤防并重。如遇尋常汛漲，則賴堤防束水以刷沙；如遇非常异漲，則賴閘壩減水以保堤。二者互相爲用，不可偏廢。考之前明及國初年間，江境南北兩岸減水閘壩甚多，嗣以形勢變遷，河底逐漸增高，舊日閘壩多不可用，遂致廢弃。但查豫東河勢，南北兩堤相距二三十里，灘面寬闊，汛水長發，有所容納。江境城郭，廬舍稠密，南北兩堤相距僅止數里。以豫省普面漫灘之水匯入江境本不能容，加以徐州城外河面僅寬八十餘丈，上游水勢至此爲之一束，每遇异漲，即有壅遏之虞。即徐州郡城亦因漲水不能分減，危如釜底。是以康熙年間，靳文襄公奏明，於北岸大谷山建設滚壩一座，蘇家山建設天然減水壩一座、鎮口閘一座，毛城鋪建設減水壩一座、減水閘一座，王家山天然減水閘一座，十八里屯天然減水閘二座，保護徐城以上堤工。徐城以下，復於峰山建設減水閘四座，王家營建設減水壩一座，且爲之説曰『束水莫如堤。然堤有常，水之消長無常也。故堤以束之，又爲閘壩涵洞以減之，而後堤可保也。今使上流河身寬廣，下流河身不能及半，加以伏秋暴漲，非時霪雨，其不至於敗壞城郭，漂蕩室廬，溺人民而滁田畝者幾希。今自黃河兩岸建置閘壩，隨地分泄，上既有以殺之於未溢之前，下復有以消之於將溢之際。故自建閘壩以來，各堤得以保固而無衝决也。乃不知河道者嘖有煩言，不知閘壩原以泄异漲之水，非所以泄平槽之水，雖不無損傷，修葺之費，較之堤工漲潰、普面漫溢塞决、挑淤經年累月，其利害之大小何如乎？故既有堤防，必不可無閘壩也』各等語。靳文襄公之言，亦已深切著明矣。

今大谷山、蘇家山閘壩，北有運河，恐致受淤，不敢啓放。毛城鋪閘壩，最爲得力。因黃河河底漸高，上下堤工土性沙鬆，水勢建瓴，動有掣溜之虞。如從前之張王莊、王平莊、邵家壩、唐家灣，皆因其勢太猛，致將上下堤工屢次掣塌。近年有鑒於前，不敢啓放。每逢盛漲，僅有天然、峰山二閘減泄。該閘口門太窄，瀉水無多，不能有濟。前總督部堂鐵保，前河部堂吴璥、徐端，均有修復毛城鋪之請；　欽差協辦大學士長齡、戴衢亨，前河部堂康基田，則請修復十八里屯閘座。嘉慶十六年，本閣部堂到任，籌辦全河機宜，即慮及异漲難防，亟思修復舊制，亦有請修毛城鋪之議。上年本閣部堂等又飭淮徐游擊陸允、銅沛廳嚴丞查有虎山腰一處，兩山夾峙，中有口門，寬二十餘丈，其下山根相連，以作減水壩，可期穩妥，工費較省。減下之水，仍由天然閘河匯流下注，是仿毛城鋪減水滚壩之法，而仍用十八里屯因山建閘之意，二者相參，并非新創。本年春間，欽差東河部堂吴璥及本部院黎世序便道詣勘，該處因山形勢，可保無奪河掣溜之虞。惟閘河西堰尚須退遠，另築大堤，保護百姓田廬。銅山士民以上年水勢驟漲，徐城危險异常，急求減漲之法，公同具呈請辦。而蕭縣士民，即以過水較多，與伊一縣不便，亦具呈稟阻，是以尚未定議。以上三處閘壩，雖歷次所議修建之處不一，其爲亟求減水之意則同。

河工修守，固重堤防，第堤之高有盡，水之長無窮。黄河發源數萬里，千溪萬派之水到處匯歸，江境水勢總視萬錦灘及武陟縣黄、沁二河水報爲憑。即如上年，自桃汛以至八月，黄、沁二河每次長水二三四尺，下游水勢順軌東流，并未出槽漫灘，以爲安瀾可望。迨交九月，陝省積雨彌月，黄、沁二河兩日之間據報長水二丈，江境堤工大率新培，較之向年增高數尺，而水勢積長不消，遂至處處平堤漫堤，徐城岌岌可危。適豫省睢工漫溢，下游水勢旋消。設睢工無失，下游情形實不可問。此次豫省堵辦睢工及挑河培堤，所費不下數百萬金。即黄河挽復上年九月之水，不能保其不再漲發。設經再漲，揣現在所培之堤仍不足恃，豈可坐待貽誤？即間二三年漲發一次，而二三年堵一決口，國家經費實屬莫支。是堤防保護於平時，閘壩救急於呼吸。即遇水小之時，閘壩原可以數年不用，然不可一日不備。溯查乾隆年間毛城鋪減壩未廢之時，雖亦間有決口，究屬稀少。自元年以後減水壩既廢，而決口愈多，河病日深。

今豫省堵辦睢工，江境之必須修復減水壩座，實爲目前至要之務。第宣泄之路皆在各州縣，地方民田廬舍不無損傷，地方官民各顧一隅，即不免藉詞撓阻。要之全河機宜所關，豈能有大純而無小疵？惟在化其畛域之私見，權其利害之重輕。詢謀僉同，集思廣益。本閣部堂等不敢少執己見，亦不敢稍涉因循，合行通飭勘議。札到，該道等即行遵照，詳悉查勘，將徐城以上原議減水各地方，何處可以修復，何處應行改建，或就舊有之基而重加培築，或師前人之意而少爲變通。害則從其輕，利則從其重，費則從其省，工則從其堅。凡有所見，皆當盡言。意見同者，聯名呈詳；意見不同者，單銜具禀。本閣部堂等再行體察情形會議，具奏辦理，望速望速。特札。

嘉慶十九年九月二十一日。

各道將府廳州縣會議詳稿附

河庫道伊什扎木素、淮揚道徐承恩、常鎮道劉澐、代理淮揚道孫茂承、護理徐州道嚴烺、徐州府知府音德和、河營參將劉重、護理淮徐游擊孔成、署裏河同知沈植蕃、署外南同知張文浩、銅沛同知嚴炳、蕭南同知施雲梯、豐北通判程國樑、銅山縣知縣楊宗智、蕭縣知縣潘鎔、碭山縣知縣楊欲仁禀

爲遵札會同籌議，詳請修復黄河減水閘壩以資防守事：

案奉本部堂會札内開『竊查河防舊制，閘壩與堤防并重等因奉此，遵即彼此咨會并行各府廳

州縣公同查議』。竊維治河之法，不外補偏救弊；而立法之善，惟在因時制宜。堤防之設，所以束水攻沙，施之於河身寬闊之地，用之於尋常水長之時；閘壩之設，所以分泄水勢，施之於河身窄狹之地，用之於非常异漲之時。束水以攻沙，減水以保堤，二者相資，不可偏廢。雖河道情形今昔不同，前人制度存廢不一，而其法要不可易。尤在就現在之情形，善用前人之成法，必當因時制宜，乃可補偏救弊也。

黄河挾數千里來源，豫省河身寬二三十里，江境豐碭一帶河身亦尚寬一二十里。遇有來水，足資容納。至徐城上下，則南係城郭，北盡山崗，河身窄處僅寬八十餘丈，來水不能暢行東注。下壅上潰，勢所必然。康熙年間，靳文襄公於徐城以上南北兩岸建設毛城鋪、大谷山兩滚壩，水綫河、天然、十八里屯各閘，大汛時減泄盛漲，保守徐城。以上堤工，嗣後百餘年間無不遵守成法辦理。漫溢雖有而僅見，費用難免而不繁。近二十年來，各閘壩次第淤廢，徐城以上僅存天然一閘，每年啓放，泄水無多，遂致水勢壅遏擡高，漫堤失事，溜緩淤河，處處生險，年年加堤，費用浩繁，無所底止，其病實由於減泄無路。既已目擊揚湯止沸之無成，自當力求釜底抽薪之善策。職道等恭繹憲札，切中時弊，善法前賢。復蒙虚衷下問，敢不共竭管蠡，直陳所見？

查舊制，黄河兩岸減水閘壩多係因山創建，以防刷深掣溜。今河底比前淤高，更宜因山建設，方有把握。北岸大谷山滚壩及蘇家山閘，因荆山橋河淤成平陸，且有灌運之虞，已無從復修。

南岸毛城鋪滚壩，曾經欽差協辦大學士長齡、戴衢亨臨勘，需費甚鉅。且河身淤高，土性沙鬆，該處非有山石夾峙之勢，究虞掣溜，未敢輕易修復。惟查十八里屯兩閘，經欽差協辦大學士長齡、戴衢亨勘議修復，嗣因閘底過深，離河甚近，減下之水須由天然閘東堰半步店地方刷堤歸入閘河，恐有奪溜之虞，是以尚未准辦。又查出虎山腰地方可作天然滚壩，而蕭縣士民具呈稟阻。此兩處應行詳細查看，再爲籌議。

護道烺、卑府音德和、參將重、護游擊成於十月十八日率同蕭南同知施雲梯、銅沛同知嚴炳、豐北通判程國樑、銅山縣知縣楊宗智、蕭縣知縣潘鎔、碭山縣知縣楊欲仁、前銅山縣知縣謝玉田、本任碭山縣知縣王臺親歷履勘。查十八里屯舊閘之底太深，可以移於高處改建，而減水由東堰歸入閘河并無擎托，尚難放心，因復細爲相度。查虎山腰即在十八里屯之内，若修復十八里屯作減水口門，以虎山腰作重門滚壩，可收減泄之功，斷無掣溜之患。隨即逐加勘估，查十八里屯舊有石閘二座，建於石山東西之麓，中隔山頂，寬三十餘丈。現在山岡已淤没三四尺，舊閘殘損，臨黄甚近，閘底又低，斷難復用。擬於兩閘之間山坡較高之處，因山另建閘墻，即以山岡作滚壩，中留金門，寬三十丈，以上年九月黄水异漲而計，約滚壩可過水七八尺，泄漲實可得力。自壩下起至苗家山大堤止，估挑引渠，添築兩岸束水堤工，俾減水由苗家山迤東下注，由虎山腰歸入閘河。以山凹作爲滚壩，則過水有制，無復刷潰之虞。其半步店一帶，閘河東堰并閘河西堰，及蕭縣護城堤工，一并加高幫寬，層層保衛，較之半步店剷堤有夷險迴殊之别。其虎山腰東西，本有象山環繞，雖有一二處山隙，接築堤工，俍以碎石，即資攔禦。如此變通辦理，因前人之意而不泥其迹，實係因時定制，就勢施工，極有把握，萬無意外之虞。於蕭縣民舍田廬不致有礙，委與減泄機宜大有裨益。計改建十八里屯及虎山腰壩基，挑河培堰，約需銀二十萬兩。又虎山腰外即係天然閘河，其西岸民堰歷係民修，未能高厚。今添十八里屯下注之水，必須將該堰加高培厚，以作蕭縣保障。内或就舊堰加幫，或須退後接築，約估需銀二十萬兩。查向來地方水利工程，均係借款辦理，於該縣地畝分年攤徵還款。今爲全河減漲機宜，并非專爲地方水利起見。若仍於各屬民田攤徵，未免向隅。而徐屬爲積歉之區，從前攤徵各款，均係遞年請緩，有攤徵之名，無歸款之實。此項工程所用銀兩稍多，與其難徵民田有名無實，不如作正開銷以昭體恤，而紓民力。且從前估辦毛城鋪挑挖洪濉河工程，需銀百餘萬兩，今僅需費五十萬兩，較之毛城鋪省費懸殊。擬請奏明官爲辦理。其辦成後，隨時修守，仍請照例歸於地方經理。

卑職鎔前因天然閘東西民堰單薄，連年放閘，民田間被淹浸，是以前請修復毛城鋪滚壩，不必議復十八里屯，實爲地方田疇起見，而亦未悉十八里屯及虎山腰兩處形勢可以如此辦理。今隨同細勘進黄順黄之路，收束關鍵，均屬因山建壩，經久可恃。又勘估幫培東西民堰及護城堤工，防患更爲周密。事理既明，意見亦甚相同。職道等會勘時，閘河一帶百姓亦由十八里屯隨同至虎山腰，共聞籌商建築事宜，并無閑言。護道煨現委豐北通判程國樑會同參將重暨銅、蕭兩縣，將閘下東西民堰及蕭縣城外護堤逐細勘估，如河灘本寬，即可就舊堰加培，以節繁費；其河身較窄，必應退讓改築，計估壓挖廢民地若干。俟興築時由縣查明地畝，詳請豁免錢糧。再查十八里屯一帶間有民房，亦應查明間數，量給搬移之費，俾有栖止之所。

合并聲明，謹合詞繪圖貼説具詳，仰祈本部堂憲鑒，俯賜察核，奏請興修，實資利賴。俟確估實需工料銀兩，另容造册詳送。爲此備由具呈，伏乞照詳施行。

嘉慶十九年十月三十日。

徐州改建虎山腰減水壩疏兩江總督百會銜

奏爲詳籌徐城以上因山改建減水滚壩分泄异漲以保堤防，而節錢糧，繪圖具奏，仰祈聖鑒事：

竊查河防舊制，閘壩與堤防并重。如當常年修守，則賴堤防束水以刷沙；如遇汛漲非常，則賴閘壩減水以保險。二者互用兼資，不可偏廢。而情形有今昔之不同，尤當因地制宜，隨時設法，於河防可期有濟，而錢糧不致多糜，方爲妥善。黄河來源浩瀚，豫省河身皆寬二三十里，江境豐碭一帶河身亦尚寬一二十里。至徐城一帶，南係城郭，北盡山崗，河身僅寬八十餘丈，較上游容水不及十分之一。平日歸槽之水尚可流行，一遇霪潦不時，非常汛漲，即有壅遏擡高之患，徐州郡城岌岌可危。自徐城以下至邳、宿、桃清、山海一帶，河身亦僅寬二三百丈至五六百丈不等，加以清口、中河兩路來水匯歸頂托，江境防守之難實數倍於上游。考之歷代河渠諸書及前明潘季馴經略兩河各疏，無不以多建減水閘壩爲防險保堤之計。康熙年間，前河臣靳輔在徐城以上建設毛城鋪滾壩一座、天然閘一座，於十八里屯地方又建設兩閘，又於北岸建設大谷山滾壩一座、蘇家山閘一座，徐城以下又建設峰山四閘、王營減壩。盛漲之時，相機啓放，水落即行堵閉，是於束水攻沙之中，并用防險保堤之法，權宜變通，并無偏倚，實爲全河最要機宜。近年河道情形日久更變，毛城鋪以下之洪濉河，大谷山、蘇家山以下之水綫河均已淤成平陸，黄河亦漸淤高，閘壩口門有建瓴掣溜之虞，減泄之水無循序分消之路。十八里屯兩閘久經淤廢，王營減壩衝跌無存，僅存天然、峰山兩處閘座，泄水無多，以致大汛水長壅積不消，黄河兩岸節節生險，屢屢漫堤。上游漫決一處，則下游淤墊一處。各處堤工歲歲加高，仍形卑矮；磚石埽壩處處著重，未得平安。久煩宵旰之憂勤，多耗國家之經費，其病皆由於有堤防而無減泄，不能保守异漲也。歷任督河諸臣，無不以籌議修復閘壩爲事。并蒙欽差長齡、戴衢亨臨工查勘，因毛城鋪情形難恃，經費過大，未易辦理；議請修復十八里屯舊閘，并移建王營減壩。嗣緣要工叠出，籌款維艱，僅將王營減壩擇地移建，十八里屯舊閘至今未修。臣百齡於嘉慶十六年籌擬河防善後各條內，即以毛城鋪於江南交界之處，減泄保漲最爲得力，惟工費稍鉅，且壩下挑河築堰，尚需會同安徽撫臣查勘，應暫緩興辦，請將天然、峰山及十八里屯各閘以次興修奏奉。諭旨：『百齡奏通籌黄運湖河利病擬備善後一摺。援據古書，修復前人成法，自不同於臆斷。但河工關係重大，當師古而不泥古，總須參核今昔情形，相機籌辦，始能動出萬全。該督摺内，如修復減水閘壩一條，黄河堤岸建立減水壩以泄盛漲，原係前人良法，但所建閘壩必須位置得宜，方有利而無害。河流遷徙靡常，現在距靳輔、張鵬翮治河之時又越百餘年。其舊迹所在，揆之目下河形地勢，是否仍能扼其冲要，宣泄得宜，尚須詳悉勘明，始可定議修復等因。欽此。』仰見我皇上至聖至明，準今酌古，於講求前人成法之中，仍示以因時制宜之要。臣等欽感敬佩，莫能言喻。惟連年以來搶險頻仍，經費支絀，未及興辦。臣等查黄河歷年水勢，因各省旱潦不時，水勢大小不等，即如十七年漲水并不甚大，汛期即保安瀾。迨至十八年，自春徂秋，汛漲平穩，以爲安瀾可望。及至八九月間，山陝各省積雨彌月，黄、沁各河積報長水將至二丈，江境河水平堤漫堤之處不一而足。適因豫省睢工漫溢，下游堤埽得以趕緊補還。臣等身經异漲，益思減泄之方；膺服聖謨，更得講求之法。到處勘查，悉心籌計。大抵黄河閘壩，因山創建者終久可憑，平地創建者易致衝跌，必得另求山勢可借，而又有現成引河可用之處，庶錢糧可歸節省，而啓放可以無虞，因飭通工道將廳營府縣會同籌議。

兹據詳稱，黄河北岸舊有閘壩，恐運道受淤，不敢置議。至毛城鋪減壩，雖屬得力，而原建之處，本無山勢可憑。壩之上下，土性沙鬆。從前啓放，屢有王平莊、邵家壩、唐家灣掣溜之事。近年河底更高，辦理難有把握。且挑河培堰及廂做鉗口各壩，需帑百萬之多，工費太鉅。十八里屯東、西兩閘，原借山根建設，金門僅寬三丈五尺，減水無多，不足專恃。且閘底太低，亦難再放。惟查該處西南一面衆山環繞，中有丁塘湖，湖濱有虎山腰地方，兩山對峙，中間凹處寬二十餘丈，山根石脚相連，可作天然滚壩，不費人工。北面臨河，即係十八里屯，該處舊有山崗淤入土中。議將該山頂鏟平，改作臨河滚壩，即以虎山腰作爲重門擎托。有此兩處，因山形勢，可期穩固，因即將十八里屯山崗之上淤土起除。查看兩閘中間山崗較高之處，長有三十餘丈，低於灘面三四尺，比舊閘底高一丈六七尺，比黄河盛漲水面計低七八尺，可以就勢鑿平。於山崗之上另建金剛墻，兩座中留口門寬三十丈，作爲天然閘底滚壩，俱較比高低，適得其中，斷無衝跌加深之患。其減下之水，由丁塘湖出虎山腰，歸天然閘下引河匯流宣泄。自十八里屯至虎山腰，中隔縷堤一道。縷堤之外挑挖引渠，添築東西束水堤工。縷堤之内，各山環接。西面王家山舊堰，應幫培高厚，偎護碎石。東面黄山一處空檔，亦須築做攔堰，偎護碎石。縷堤剷開之處，砌大石裹頭，用碎石鋪底，以資鉗束，而免刷深。至天然閘下引河，添此滚壩，減泄之水不免漫灘。該處西岸，本有攔堰一道。上自天然閘，下至艾山，計長九十餘里。舊堰形甚卑矮，土性沙鬆，且有離河較近之處，必須培築堅厚，方資保障。應將該堰離引河遠者，就舊堰幫寬加高；離引河太近者，另估退後接築新堰，再將天然閘河下游淤淺之處間段疏挑。蕭縣城外，再築護城堤一道，以爲重障。統計各工，共需銀四十餘萬兩。較之從前估修毛城鋪需銀一百二十餘萬兩、估修十八里屯需銀九十餘萬兩，所用未能及半。辦成之後，不但徐城以上得有寬大滚壩，減泄盛漲可保無虞，即下游堤埽亦免生險搶辦，計其節省實多。現據通工道將廳營并該處府州縣等會同勘驗，衆議僉同，具詳請辦。

前來惟當此東、南兩河各工多用之後，經費實不易籌。臣等受恩深重，苟稍爲可緩之工，斷不敢驟議請辦。惟通盤籌畫河工大要，既須堤防保護於平時，必須閘壩救急於臨事。近年南河之病，實由於專事堤防，而不修閘壩。現在睢工業已堵合，黄流挽歸正河，本年大汛瞬臨，難保必無异漲。若不預備減泄閘壩，竊恐從前之險即在目前。與其補苴於事後而費愈多，無寧籌備於事前而工實省。既目睹揚湯止沸之難憑，自應急求釜底抽薪之善策。且辦成之後，水小之年，原可以堅守不放，以收束水攻沙之益；水大之時，即啓放亦期速堵，不致有溜緩沙停之虞。有壩則操縱由人，無壩則束手無策。壩成原可以數年不用，但不可一日無備。臣等反覆思維，若將該處壩工辦成，每年大汛減水有方，工程平穩。現在雖費，將來所省實多。是於前人成法之中，師其意而不泥其迹，就其地而略變其制。既籌有可辦之法，何敢因循貽誤？上年欽差吴璥奉命來江查看湖河事宜，旋赴睢工，道經徐州，臣黎世序曾與言及，并會同前往查勘情形，吴璥極以爲然，必應辦理，相應將籌辦情形繪圖貼説，據實由驛具奏，仰懇天恩俯准辦理。所需銀兩，臣黎世序現在另摺奏請，撥還河庫。平飯銀一百五十萬兩，原爲大汛修防各工之用，可以通融支應。如大汛工程能於減省，則此款錢糧即可無庸另撥。如或不敷，再爲隨時奏請。臣等恭候命下，即派員趕辦，務於五月内完工，以備大汛之用。

再，查該處堰工，向例於民田攤徵還款。第思現在辦理工程，爲全河減泄機宜，并非爲民田水利起見。若於地畝攤徵，該處居民未免向隅。況徐屬爲積歉之區，從前攤徵各款遞年請緩，即攤徵亦恐一時完納不前。此次估辦，比之從前估辦毛城鋪及十八里屯，所省業已過半。合無仰懇皇上天恩俯准，作正開銷，以速要工，而紓民力。至辦成之後，每年防守仍應照例歸於地方經理，其退後築堰，如有占廢民地，飭令地方官查明，照例准其豁免錢糧，另行題報。合并陳明，伏乞皇上睿鑒。

謹奏。

嘉慶二十年三月初九日拜進。

三月二十三日奉到朱批：『另有旨。欽此！』

嘉慶二十年三月十四日，内閣奉上諭：百齡等奏請於徐城以上因山改建減水滚壩一摺。治河之法，堤防與減泄二者不可偏廢。近年南河減水各閘日漸淤廢，遇大汛水長之時驟難消減，南北堤岸在在可虞。該督等議請將十八里屯兩閘中間鏟平，山頂留口門三十餘丈，作爲天然滚壩，以虎山腰作爲重門擎托，并於引河兩岸加培堤堰，以資宣泄异漲，尚可因地制宜，工歸節省。着照該督等所請辦理。即行按估興工，務於五月内一律完竣。其估需銀四十餘萬兩，即於此次請撥銀一百五十萬兩内動用，事竣核實造册，報部作正開銷。其改堤作堰，有占廢民地之處，查明照例題豁該部知道。欽此！

二十年報安瀾疏兩江總督百會銜

奏爲節交霜降，黄水异常盛長，督率道將廳營竭力搶護平穩。現在瀾漲全消，并清水外出衝黄，上下游黄運湖河各廳普律工固瀾安，平成告慶，仰慰聖懷事：

竊照河工，每年自清明節起至霜降節止，爲桃、伏、秋三汛水勢長發、修防緊要之時。本年江境，黄河自豫省睢工合龍之後，即值桃汛届臨，水勢次第長發。自清口以下，河身經上年清水刷滌，比前較深，可資容納。自清口以上，長河五百餘里，雖經挑挖引河，而浮沙未能盡去，深恐漲水難容。兩岸各工埽壩雖經厢修，而乾擱一年有餘，根底無不虧朽，亦恐易於蟄動。是本年防守，倍關緊要。且南河河身窄狹，不及東豫之寬舒。河流駛入江南，夾激奔騰，愈形迅猛。故每值汛漲驟至，率多猝不及防。

臣等先爲籌計，奏請改建徐城以上十八里屯滚壩，以備減泄盛漲；并請撥大汛工需銀兩，分發各廳，購備料物，以資修守。臣百齡於五月内駐札清江，籌濟糧船渡竣之後，即值淮黄并漲之時，當即會同臣黎世序籌定修守章程，督飭文武各員竭力趕辦。迨伏、秋汛内，上游萬錦灘共計長水九次，沁河長水十一次，洛河長水兩次。匯流下注，江境各工水勢亦均長至八九尺及一丈不等。各工溜勢提移不定，猛驟倍常。幸料物應手，錢糧接濟，隨時極力搶辦，并次第啓放天然峰山各閘分泄。仰叨皇上福庇，下游歸海，河道深暢，水勢隨長隨消。尤幸洪湖水勢充裕，由清口暢出，匯黄東注，刷滌淤沙，情形極爲順利。迨至八月底漲水漸消，各工料物經疊次盛漲搶工動用之後所存無幾，河庫錢糧逐漸用完。臣等恐水勢復有盛漲，奏明預提江寧藩庫額解銀兩以備工用。嗣於九月初起至望間止，陰雨連綿。據陜州馳報，萬錦灘於九月十一日陡長水三尺五寸；武陟縣馳報，沁河於九月十一日陡長水四尺二寸；鞏縣馳報，洛河於九月初九日陡長水一尺五寸，同時并漲。江境黄河自九月初四、五日起，水勢見長。至二十二日，各工積長水八尺餘寸至九尺、一丈有餘不等。非但比本年伏、秋盛漲較大二尺餘寸，且徐城以上，較之嘉慶十八年九月内异漲之水，尚大尺餘。長河兩岸，均已漫灘。浩瀚之形，詢之通工年老兵民，皆稱二十餘年所未曾見。幸堤工一律培高，足資攔禦。兩岸各廳埽工，并徐城石工，均將平水。各廳馳報，情形吃緊。臣百齡即自江寧星夜馳抵清江，會同臣黎世序分投督率搶護。徐州道嚴烺見水勢積長逾常，即將新建之十八里屯滚壩啓放分泄。通工各道將廳營及文武汛委員弁，晝夜梭織巡防，分投搶護。上自豐碭，下至桃源，兩岸長堤風浪撞塌堤根之處，均督令趕廂護埽防風各工；平水入水蟄塌埽段，亦令漏夜搶廂，晷刻不容停手。其邳北廳屬之宋家灣工尾，宿南廳屬之化村鋪迤下溜勢，均以迅疾下移，刷動堤根，俱分別趕廂新埽，以資抵禦。其餘各廳，或蟄走埽段，或溜激搜堤，而水勢拍岸，盈堤千里，長河險工林出。幸自九月十七日以後，天色晴霽，風暴不作，搶險各工得以竭力摟護，大河水勢自啓放十八里屯滚壩之後，各工漸見消動。至二十七日，已消五尺七寸上下，各工一律平安。此皆仰賴我皇上至德，感孚神靈默佑，故當黄水异漲，各工極險之際，天氣忽放晴和，并無暴雨疾風，工員等得以應手搶廂，全河保護平安。臣等欽感之餘，倍深敬畏。

竊念南河自嘉慶四年邵家壩、唐家灣漫溢之後，大工叠出，迄無安歲。而淮水匯入洪湖，堰盱危險，五壩屢見衝塌跌塘。禦黄壩外，淤沙高仰抵遏，淮水不能外出，以致裏河、揚河、揚糧各廳漫溢頻仍，下河州縣幾成澤國。十餘年間，累民費帑不可勝言。臣等任事以來，遵奉睿斷，大闢海口，接築長堤，以利黄河尾閭之宣泄。復挑辦老壩工，逢灣取直，去黄河腸胃之梗結。又將裏河頭二三壩收攏口門，鈐束清水，使有節制，并接長蓋壩，鑲爲磨盤埽，以逼湖水，使之北出衝黄。凡此，皆仰秉宸謨，次第舉辦，以致本年睢工合龍，黄河挽正之後，伏、秋汛内异漲逾常，而洪湖亦同時漲滿。臣等查核底案，較之往年漫溢生工之水大至二尺有餘，而淮黄各廳得以工穩波恬，居民安堵，實由河身底淤漸去，海口淺阻已除，故旋長即消，曾無留滯。又查，從前於重運過竣後即堵閉禦黄壩，以免黄水倒灌運河。本年自重運渡黄，禦黄壩亦毋庸堵合，清水刷黄得勢，二瀆順軌朝宗。凡蓄清敵黄之方，漸已克符古制。且本年河身經此异常盛漲之水刷蕩三次，愈見深通，從此加意修守。一切仰遵聖訓指示施行，似可永慶，平成長蒙樂利。臣等惟有凛戒工員，毋許以工穩瀾安稍生懈弛，時時敬慎，竭力巡防，以祈仰副聖主睿廑，神祇助順之庥於萬一。其邳宿運河，亦因上游久雨，山水驟發，陡長水八尺餘寸，各閘越壩平水漫水，現在亦已漸消回空。漕船自八月二十七日行入江境起至現在止，計入境船三十五幫，已渡黄二十五幫，遄行無阻。至此次搶護工程，錢糧實不免過費，預提江寧藩庫銀兩，尚不敷用。臣黎世序復就近於淮安關庫咨借銀五萬兩應用工需，始得無誤。因事關呼吸，不及先爲具奏可否，仰懇恩慈即准其撥用，以免另請撥發還款之煩，伏候聖明鑒奪。現在霜降已過，本年三汛得保安瀾。

謹合詞恭摺，由驛奏慰聖懷。伏乞皇上睿鑒。

再，九月二十二日節交霜降，例應奏報安瀾〔一〕。因值水勢盛漲，修防緊要之時，不敢冒昧上陳，俟水落工平，方敢具奏。是以稍遲，合并陳明謹奏。

嘉慶二十年九月二十八日拜進。

十月十二日奉到朱批：『另有旨。欽此！』

同日承准：

嘉慶二十年十月初四日，内閣奉上諭：　百齡等奏，節交霜降，普慶安瀾一摺。本年江省黄運湖河伏秋汛内屢經异漲，霜降後黄水猶積長一丈有餘，仰賴大恩神祐，日色晴霽，漲水漸消，各工悉臻平穩。叩謝之餘，倍深欽感。百齡、黎世序督率道將廳營晝夜搶護，辦理妥協，實屬可嘉。百齡、黎世序俱著交部議叙，黎世序并著賞戴花翎，以示獎勵。此次搶護工程，該督等因預撥江寧藩庫錢糧不敷應用，就近在淮安關庫咨借銀五萬兩，著即准其撥用該部知道。欽此！

【校記】

〔一〕瀾，原作『攔』，據上下文改。

籌畫修復南河下游減水閘壩疏兩江總督百會銜

奏爲籌畫南河下游減水閘壩亟宜修復，以備宣泄湖河异漲，永期工固瀾安，仰懇聖恩俯准興辦事：

竊查南河河身，自徐州以下漸形窄狹。較之豫省，堤防兩岸相距不止減少一半，每至伏、秋大汛屆臨，盛漲之水奔逸出槽。自河南行過徐州，由寬入狹，實有不能容納之勢。是以康熙年間，前河臣靳輔於黄河兩岸，上自豐碭，下至清江，節節建設減水閘壩，考之成書，不下十餘處，故能保守堤岸，相機啓閉，永慶安瀾。嗣因北岸挑開中運河後，糧船得以對渡遄行，而黄河北岸閘壩恐以減落黄水串入運河，遂將北岸減水之區悉行廢閉，全賴南岸閘壩宣泄，以爲大汛分消。近數十年以來，河底日漸淤高。尋考往日閘壩基址，或以淤没已久，不可復開；或以口門過低，防其掣溜，率多不能舉辦，惟賴上游天然、峰山二閘稍分黄漲。每當汛水屆臨，猛盛异常，而旁消路少，堤單河窄，深以涌溢爲虞。臣等遞年相度情形，亟須多籌宣泄，以保堤岸。特於上年奏蒙聖恩俯准，於徐州上游就十八里屯舊基添建滚壩，適值秋汛异漲，開放減水，上游廳汛始保無虞。彼時下游淮揚一帶清、黄并漲，爲十餘年來未有之大。直至霜降節後，猶復拍岸盈堤，非常危險。仰賴皇上洪福，河神顯佑，風浪不起，瀾水全消。臣等驚怖之餘，慶幸出於意外。推原其故，實由下游無路分減，故徐州一帶雖報落水，而清江以下仍復壅積不消。且十八里屯滚壩及天然閘、峰山閘減落之水，仍由引渠一路澄清歸入洪湖，黄漲雖得分減而少衰，湖瀦則因增添而日盛。清江爲清、黄交匯之處，淮、黄兩路彙注，浩瀚异常。加以中河承受東省蒙、沂之水，或值一時同漲，則清江一處吸引三股大川，即海口現在十分暢通，亦虞受納過多，一時宣泄不及，數百里堤岸處處皆形著重，實堪惴懼。必須於下游籌畫減水之區，始足以保堤工而資引注。

臣等不敢以上年水勢异漲獲保安瀾，即希冀嗣後漲水不更猛迅，稍存節省僥幸之見。臣等自上年霜降後，即督同道將廳營悉心講求下游分泄之處。惟查有外河北岸王營減壩，係前河臣靳輔建設，於減泄黄流、引疏清水最爲得力。而泄黄漲即所以泄湖漲，泄湖漲即所以刷河身，實係導黄導淮第一機括。因該壩於嘉慶十一年衝塌壩底，經欽差前大學士戴衢亨等臨工會勘，奏請移建，并添設二壩。前河臣吴璥請銀興辦，久已完工。第壩身雖已堅固可放，而盛漲之水由壩減入，鹽河勢必猛驟。其鹽河兩岸堤工日久未修，皆形卑薄，必須一律加高培厚，方可攔束水勢。其河勢逢灣迎溜之處，亦須廂做護埽，以禦溜勢撞刷。尚有間段淤淺之所，尤應估挑寬深，并相地添築格堤，以爲攔約。至減壩外臨黄堤埽，亦須預爲啓拆，盤做裹頭，庶緩急啓放之時得資鉗制。臣等督同文武詳細商酌，俱以此處爲下游最要關鍵，不敢以惜費而稍事因循。且從前改建石壩，已費銀四十餘萬兩，若久廢不用，則前此帑項竟屬虚糜。且全河要機斷難坐失，反復籌酌，衆議僉同。臣黎世序即飭道將等核實查估，計各項官辦工程需銀六十萬餘兩。其鹽河兩岸官堤以下民堰培築工程，係爲護衛民田，估需銀八萬餘兩，例歸民修，應由藩庫借款，攤徵辦理。第恐藩庫輾轉撥解遲延，而民辦工程未能堅實，亦請歸并於減壩挑築工程案内發銀派員修辦，仍由藩庫撥還，分作十年，攤徵歸款，以速要工而抒民力。以上總共需銀六十八萬兩。仰懇聖恩俯准，於就近藩關各庫撥給解工，以便趁此春融，趕爲挑築購料廂做，於三四月内完竣，以備伏、秋盛漲減泄之用。仍由臣黎世序督率工員，撙節辦理，核實報銷。如蒙俞允，則全河上下游浥注機關得以操縱由人，即遇异漲驟臨，宣防亦稍有把握。至鹽河亦爲運鹽運柴要道，或恐減黄行水之後稍有停淤，亦無難隨時挑挖。且黄河有此分泄，漲水不致倒灌運口，則清水長可暢出刷黄，亦永無溜緩沙停之弊，實爲有利無害之舉。

臣等因籌備湖河异漲起見，不敢因循貽誤，上負委任鴻慈。相應將籌辦情形分别繪圖貼説，恭呈御覽，伏祈皇上訓示遵行。

再，徐州以下峰山四閘，本係因山建設，歷年減黄甚爲得力。惟頭閘、四閘一半因山，一半建於平地。現在河身較舊時淤高，恐啓放後水勢過陡，即有塌寬掣溜之虞。是以歷年只啓二、三兩閘，其頭閘、四閘未敢輕放，以致泄水無多。臣等督飭道將等再三勘籌，查該處頭、二閘之間有龍、虎二山。兩山中間空檔約長二十餘丈，係屬平崗石脊，彼此相連，較高黄河灘面三四尺，稍加鏟削平正，即可作爲天然滚壩。盛漲則聽其漫壩而過，水落則自然斷流，可抵頭、四兩閘分泄之水，而所費僅需數千餘兩。臣等已飭該管道廳妥爲辦理，特另行繪圖貼説，附呈御覽，合并陳明。爲繕摺，由驛具奏。伏祈皇上睿鑒。

謹奏。

嘉慶二十一年正月二十四日由驛拜進。

二月初七日奉到朱批：『户部速議。具奏。欽此！』

再，臣等正在繕摺拜發間，接奉上諭：『百齡等奏淩汛工程平穩一摺。河工爲國家重大之務，上年三汛安瀾，兆民樂業，國用亦多節省。朕召見吴璥，據云，此次河底刷深，可保十年無事。百齡等在彼目擊情形，自亦相同，但不可因此遂心存自滿。天道戒盈，百齡等總當常存敬畏，刻刻加意修防，方能有備無患。現在河口、海口俱各通暢，湖水高於黄水，足收敵黄之效。運河水勢深通，重運首幫早已渡黄，事機極爲順利。此時要務，惟當將兩岸堤堰逐處留心察看，如有卑薄殘缺之處，即時補築，一律堅固。雖無工處所，亦不可大意。平時補苴罅漏，所費錢糧不過千百；而太平無事，則所省不可數計。該督等常念未雨綢繆，防患未然，自能永慶安瀾也等因，欽此！』臣等跪讀之下，仰見皇上保泰持盈於天心福佑之深，猶以寅畏嚴恭，諄諄示誡，臣等實不勝欽感悦服，莫可名言。伏念河務關係國計民生，但能保固安瀾，雖一時稍費，而所省實大。年來海口通暢，河底刷深，現在清水高於黄水二尺餘寸，禦黄壩亦無須堵閉，實爲十餘年來所未有。而臣等仰蒙皇上屢次訓誡，從未敢稍存絲毫自滿之心，刻刻諭飭道將廳營，總以思患預防爲急，勿因上年水大瀾安，即微有僥幸滿假之意。因長河汛水漲盛無定，是以亟求下游宣泄之處，另摺奏懇修辦減壩以下河道，以備分減异漲，永保堤工。并將春修土工壩臺，俱令比照上年極大水痕，擇要加培，以資障禦。而數月以來，黄河河底刷深，湖水奮迅外趨，尤爲全河最好機會。現在禦黄、束清二壩口門，均收存十丈有零。但清水外出，愈刷愈深，禦黄壩口門水深至七丈餘尺，束清壩亦深至五丈餘尺，是以湖水仍逐漸消落。臣等計算，糧船於四月内渡黄完竣，爲期三月有餘之久，誠恐湖水消多，桃汛之後，黄水必漸增長。彼時黄强淮弱，恐致仍有倒灌之虞，不可不先事籌備，以期防患於未然。是以嚴飭護理淮揚道沈植蕃督率裏河廳營，將束清壩再爲收攏一占，僅留口門七丈，不得以水深工陡，用料稍多，或存畏難之見，以致將來臨事周章。所有現在具奏急應修辦各工，一俟奉旨准撥錢糧到日，即當飛催解工趕緊興辦，務期處處結實穩固，以仰副聖主廑念河防之至意。謹附片奏聞。

謹奏。

嘉慶二十一年正月二十四日由驛拜進。

二月初七日奉到。朱批：『常存敬畏，永慶安瀾。勉之。欽此！』

峰山改閘爲壩疏 兩江總督孫會銜

奏爲睢南廳屬峰山閘外河近溜涌，守堵兩難，擬就山勢添鑿減水滚壩以護閘座，而宣盛漲，恭摺奏祈聖訓事：

竊照南河大汛盛漲之時，必須籌備減泄之路。嘉慶二十年，蒙皇上天恩，准飭添建徐州虎山腰減水滚壩；二十一年，於睢南廳屬峰山四閘之外龍、虎二山中間，鏟作天然滚水石壩，均備大汛，應時啓泄。皆係就山開鑿，石根堅固，底高口寬，啓放最爲得力，宣泄益有節制。至水落歸槽時自然斷流，不須堵閉。且免抽分大河底水，俾下游無溜緩沙停之虞。因得叠慶安瀾，實已著有成效。此皆仰賴聖恩高厚，不惜鉅萬帑金，凡所以衛護民生者，期於周備無遺。官弁兵民，莫不同聲感頌。

伏查峰山四閘，係康熙年間前河臣靳輔所建，嗣因頭、四兩閘掣水過猛，患其奪溜，自嘉慶元年以後閉而不啓，祇放二、三兩閘，俾資減泄。所有新鑿龍虎山滚壩，即以抵頭、四兩閘之用。其二、三兩閘之外，向各築鉗口柴壩之外又築臨黄土壩，爲重門保障。然止料土築成，非有山根石脚者可比，啓放時恒恐掣溜過大，閘身稍有蹉失。追溯四閘創建之始，河身尚低，即遇盛漲，漫灘之水由壩入閘，僅過水數尺，原與滚壩無异。迄今一百餘年，河底日漸淤高，大汛開放時，兩閘金門水深至二丈有餘，以致外壩、内閘過水之處無不十分吃重。又從前河勢北灣，離閘座有五六百丈之遥，由倒鈎形勢分注二、三兩閘，路迂溜緩尚寬，稍有把握。近年河身南卧，逼近壩門，因將閘墻堤埽叠次加高培厚。乃本年啓放時，水勢涌注閘墻，只出水尺許。若非前次加築四層，勢必漫出閘墻之上。設有閃失之處，奪溜堪虞，所係於全河關鍵匪細。幸經該廳營等竭力搶厢鉗口壩埽，防守閘堤，克保平安。總因河身高下今昔懸殊，節宣難合機宜，啓閉益形費手。但下游各工，皆藉此處減水護提，又未便堵閉不放，欲别籌宣泄之路，非得天然形勢，亦不敢輕議興作。

臣黎世序與徐州道嚴烺及參游廳營等逐細講求，周迴揆度，查得峰、泰兩山之間山坡石脚相連，中間空檔約寬二十餘丈，可以就勢鏟鑿作爲滚水石壩。將臨黄土壩幫寬，外廂護埽，即以鑿山之碎石，將臨黄壩兩面包砌堅固，永不開放。俾水由滚壩下注，遞達二、三兩閘。既於前人舊制無所更張，而閘外添此一層天然滚壩鉗束，進水得有節制，水退自然斷流，不致抽分。大河底水仍可并力刷滌下游河身，而閘座亦可免閃失之患，實屬一舉而數善兼備。臣黎世序與道將等籌計萬全，無逾於此。因飭令詳勘確估，計鏟鑿山根土石，及幫寬臨黄土壩，外廂護埽，兩面包砌碎石，又加高閘墻、閘後土堤，及頭閘、堰壩一律加培高厚，并包護碎石，約共需銀三萬餘兩。查該閘常年啓閉，每年須用銀一萬四千餘兩及一萬六千兩不等。今就山勢鑿成滚壩，以目前而計，費用未免增多。但滚壩既成，每年可無廂修啓閉之費，以後之撙節實爲不少。於遵守成式之中，稍爲變通經久之法。統計帑項、工程，實覺兩有裨益。兹據該道將通禀請辦。前來臣孫玉庭日前到浦會奏，安瀾之時，與臣黎世序反覆籌商，意見相同。合無仰懇皇上天恩，俯准飭辦，臣等即於歲修項下給發銀兩，督率道將廳營趕緊妥速辦理，務於來年大汛前一律完竣，俾長河盛漲時得以有備無患，永戴平成之德於靡既矣。臣等愚昧之見是否有當，謹繪圖貼説，恭呈御覽。伏乞皇上睿鑒訓示。

謹奏。

嘉慶二十三年十一月初九日拜進，於十二月初一日奉到朱批：『戴均元、吴璥會議具奏。欽此！』

奉上諭：前據孫玉庭等奏，睢南廳屬峰山閘外河近溜涌，請就峰、泰兩山之間添鑿減水滚壩以護閘座，當交戴均元、吴璥會議具奏。

兹據覆奏，應照所請辦理。峰、泰兩山之間鑿建滚水石壩分減盛漲，可免奪溜之虞。着即照議，趕緊興修，於來年大汛前藏工，以備宣泄。其臨黄壩兩面俱包砌碎石一節，着照戴均元所議：於臨黄一面厢築護埽，用碎石包砌，足資抵禦；其南面平水無溜，毋庸包砌，以歸撙節。該督等即核實辦理，毋庸浮冒。工竣報部核銷。欽此！

文 奏議 卷四

黄河工程采用碎石方價疏

奏爲黄河工程采用碎石，酌定方價，以便循照發辦，造報核銷，據實具奏，仰祈聖鑒事：

竊照江境黄河工程，向來徐州護城石工外，歷用碎石抛護，并於埽外抛砌碎石，工程甚爲得力。近年以來，各廳臨黄迎溜兜灣埽工，間有蟄廂不已之處，用碎石於埽外抛護，無不挑溜開行，工程即見平穩。各前任河臣，先於銅沛、睢南、邳北等廳辦理，試有成效。臣接任以來，隨時察看講求抛護碎石工程，實可化險爲平。雖辦理之時，於埽工之外似乎不免多費，而辦成之後，每段碎石即可蓋護下首數段埽工，而且永遠存站；即經年隔歲，間有蟄矮之事，量爲加抛，較之埽工，經二三年後柴質朽腐即見蟄塌，廂修不已者，實爲節省通工。文武官弁以至兵夫居民，無不异口同聲，以爲得力。是以近兩年來，准令各廳辦用碎石抛護要工，節經奏蒙聖鑒在案。

所有采運方價，各廳向無定例。惟銅沛廳各工離山較近，向來購辦定有例價。其餘各廳辦用，碎石離山遠近不一，隨時就采辦情形核給方價，多寡不同。至十九年起，各廳購辦碎石漸多，臣督飭各道將各廳采運碎石遠近、難易情形逐加確核，分别酌中定價，較之從前有減無增。相應開具清單，恭呈御覽，仰祈聖鑒飭部查核。

自嘉慶十九年起，江境黄河各廳辦理碎石工程，准照單開酌定之例，發辦造册，報部核銷，以定成規，而便稽核。

再，蕭南、豐北、海安、海阜四廳均未辦用，碎石未經定價，列入單内合并陳明。

爲此專摺具奏。伏乞皇上睿鑒。

謹奏。

嘉慶二十一年八月二十一日附驛拜進。

九月初八日奉到朱批：『工部議奏。欽此！』

謹將南河、黄河各廳采用碎石分别核定辦運價值繕具清單，恭呈御覽。

銅沛廳采辦碎石離山較近，向例每方准給銀一兩一錢七分六厘，采工、運費均在其内，應仍照舊例發辦。

睢南、邳北兩廳采辦碎石離山較遠，由黄河船運遠近牽計酌中定價，每方采工、運費共給銀二兩九錢一分六厘。

宿南、宿北兩廳采辦碎石，比邳、睢離山更遠，由黄河船運遠近牽計酌中定價，每方采工、運費共給銀四兩八錢六分六厘。

桃南、桃北兩廳采辦碎石，比宿南、北離山更遠，由黄河船運遠近牽計酌中定價，每方采工、運費共給銀六兩四錢一分六厘。外南、外北兩廳采辦碎石，於洪澤湖、老子等山開采，由湖運出清口到工遠近牽計酌中定價，每方采工、運費共給銀四兩六錢三分六厘。山安、海防兩廳采辦碎石，於洪澤湖、老子等山開采，由湖運出清口到工，比外南、外北程途較多，遠近牽計酌中定價，每方采工、運費共給銀五兩九錢三分六厘。以上各廳船運碎石方價，係臨河工程應用。如非臨河工程，船運碎石止到水口，尚須用車接運到工者，應准按照用車接運里數，每里加給車脚銀八分。又水中拋填碎石不用砌工，如於乾地築砌滚壩及包砌坦坡等工，每方用夫三名，合并陳明。

各廳采辦碎石方價疏

奏爲遵旨將江南黄、運兩河各廳采辦碎石方價詳細查明開單，恭摺具奏，仰祈聖鑒事：

竊臣因江境黄河工程近年各廳采辦碎石，於迎溜兜灣埽外拋護，無不挑溜開行，實能化險爲平。且比埽工經久，可期節省。而碎石方價，各廳向無定例。前經督飭各道，將各廳辦運碎石遠近、難易情形逐加確核，分别酌中定價，開具清單，恭呈御覽。

仰蒙敕部議奏：『兹臣接准部咨内開，查清單内所開各廳酌定碎石價值，除銅沛廳方價照舊例辦理外，其餘各廳采辦碎石，係按離山遠近分别定價。飭令將各廳離山道路里數詳細查明開單，覆奏到日，再行核辦。并令將蕭南、豐北、海安、海阜四廳及運河各廳一并查開，俾江南黄、運兩河各廳采運碎石方價，均有核定成規，將來均可一律遵循辦理等因奉旨依議。欽此！』

咨行到，臣遵即飭據各道，分别查開。前來臣復加確核所有前奏清單内各廳采辦碎石方價，原係按照各該廳離山道路里數，及車運、船運遠近難易各情形分别定價。今遵部議，另開詳細清單。

其前奏單内，未經查開之蕭南、豐北、海安、海阜及運河各廳内，惟海安、海阜兩廳采辦碎石情形可以照黄河各廳，分别酌中定價； 其蕭南、豐北兩廳采辦碎石止能車運，而離山遠近，難以牽計定價。其邳、宿運河，桃清、中河、裏河、揚河、揚糧、江防六廳運河内，均係漕船經行之處，未便用碎石工程。惟臨湖、臨江及閘壩等項工程有可以估用碎石之處，而離山遠近更多不一，難以牽計酌中定價。惟有酌定接里運脚，隨時確核辦理，以歸核實，均於清單内詳細查明，一并開列，恭呈御覽。仰祈聖鑒飭部查核，示覆遵行。

爲此專摺具奏。伏乞皇上睿鑒。

謹奏。

嘉慶二十二年二月二十三日專差拜進。

三月二十八日奉到朱批：『該部議奏。欽此！』

謹將南河黃、運兩河各廳采用碎石分別核定辦運價值，繕具清單，恭呈御覽。

蕭南廳采辦碎石，嘉慶六年辦理毛城鋪滚壩，采用保安山片石。每方刨挖銀三錢三分六厘，用車運到工，每方每里給銀八分。今查該廳采辦碎石，水運無路，惟有車運。應就各工離山遠近，照毛城鋪之例，隨時核給方價，以歸核實。

豐北廳采辦碎石，向無辦過成例。左近無山，遠處采石水運無路，惟有車運。應就各工離山遠近，照毛城鋪之例，隨時核給方價，以歸核實。

銅沛廳采辦碎石，離山遠近牽計十里有零。車運到工舊例，每方采工、運費共給銀一兩一錢七分六厘，今仍照辦。

睢南、邳北兩廳采辦碎石，比銅沛離山較遠，向用車運。照蕭南毛城鋪之例，隨時核給方價。今查由山車運黃河水口，可以用船裝送到工，所費比車運較省。計自山開挖，車運黃河水口，遠近牽計十里有零。照銅沛采辦之例，每方給銀一兩一錢七分六厘。由車搬送上船裝叠，每方用夫三名，每名工銀八分，計銀二錢四分。船自水口裝送各工，遠近牽計六十里，每方每里給水脚銀二分五厘，統計銀一兩五錢。統計每方采工、運費，共給銀二兩九錢一分六厘。

宿南、宿北兩廳采辦碎石，離山較睢南、邳北更遠。自山開挖，車運黃河水口，遠近牽計十里有零。照銅沛采辦之例，每方給銀一兩一錢七分六厘。由車搬送上船裝疊，每方用夫三名，每名工銀八分，計銀二錢四分。船自水口裝送各工，遠近牽計一百五十里。查水脚原連等候裝卸時日在內，同一裝卸而程途里數較多。按里所給水脚，應行酌減。每方每里給銀二分三厘，計銀三兩四錢五分。統計采工、運費，每方共給銀四兩八錢六分六厘。

桃南、桃北兩廳采辦碎石，離山比宿南、宿北更遠。自山開挖，車運黃河水口，遠近牽計十里有零。照銅沛采辦之例，每方給銀一兩一錢七分六厘。由車搬送上船，每方用夫三名，每名工銀八分，計銀二錢四分。船自水口裝送各工，遠近牽計二百五十里。查水脚原連等候裝卸時日在內，同一裝卸而程途里數較多。按里所給水脚，應比宿南、北再行酌減。每方每里酌給銀二分，計銀五兩。統計每方采工、運費，共給銀六兩四錢一分六厘。

外南、外北兩廳采辦碎石，於洪湖、老子等山開挖。每方采工銀三錢三分六厘。山與水口相近，即可上船。惟度越洪湖，來往皆須守候順風。照外河廳吴城七堡采辦碎石之例，每方連接裝上船夫工在內，每里給水脚銀三分；至吴城七堡，計程一百二十里，計銀三兩六錢。自吴城七堡至外南、北兩廳，遠近牽計三十五里，有縴挽可通，比湖中守風行走較易。每方每里給銀二分，計銀七錢。統計每方采工、運費，共給銀四兩六錢三分六厘。

山安、海防兩廳采辦碎石，於洪澤湖、老子等山開挖。每方采工銀三錢三分六厘。山與水口相近，照外河吴城七堡采辦碎石之例，每方連接裝上船夫工在内，每里給水脚銀三分；至吴城七堡，計程一百二十里，計銀三兩六錢。自吴城七堡至山安、海防兩廳，遠近牽計一百里，有縴挽可通，比湖中守風行走較易。每方每里給水脚銀二分，該銀二兩。統計每方采工、運費，共給銀五兩九錢三分六厘。

海安、海阜兩廳采辦碎石，於洪澤湖、老子山開挖。每方采工銀三錢三分六厘。山與水口相近，照外河吴城七堡辦用碎石之例，連接裝上船夫工在内，每里給水脚銀三分；至吴城七堡，計程一百二十里，計銀三兩六錢。自吴城七堡至海安、海阜兩廳，遠近牽計二百里，有縴挽可通，比湖中守風行走較易。每方每里准給銀二分，計銀四兩。統計每方采工、運費，共給銀七兩九錢三分六厘。

邳、宿運河，桃清、中河兩廳，係漕船經行河道。兩岸未便用碎石工程，致有碰磕。惟兩岸各河、港、湖、渠，蓄泄水勢堤壩等工，間有可用碎石之處，須於上游東境候遷鬧以上之花山、江境黄林莊迤南之王母山采辦。每方采工照老子等山之例，給銀三錢三分六厘。車運至運河水口，計程七八里不等。照各山開采之例，每方給車脚銀八分；以七里核算，計銀五錢六分。自車搬送上船裝疊，每方用夫三名，每名工銀八分，計銀二錢四分。船自水口運送各工，程途近者止數十里，遠者有二三百里，難以牽計。如有估辦碎石之處，應隨時查照程途里數，每方每里給水脚銀二分，以歸核實。

裹河廳漕船經行之處，未便用碎石工程。惟臨湖及并無漕船經行之處，可以估用舊例。臨湖工采用碎石，於老子山開挖，每方給水脚銀三錢三分六厘。船運到工，計程一百二十里。每方每里給水脚銀三分，計銀三兩六錢，應即照辦。如有工在清口以外程途較遠之處，照外南、北采運老子山碎石之例，自臨湖工次起，每里再加運脚銀二分。隨時按程途里數准給，以歸核實。

揚河、揚糧、江防三廳，均係漕船經行之處，兩岸未便用碎石工程。惟兩岸各閘壩之内，并臨湖、臨江各工可用查舊例。江防廳瓜洲城外迴瀾壩，辦用鎮江各山碎石。每方准給銀一兩零九分三厘二毫，此外并無辦用碎石之處。嗣後三廳估用碎石，如工在大江以南，就近各山采用，應照各山開采之例，每方給采工銀三錢三分六厘。船運每方每里給銀二分，車運每方每里給銀八分，隨時按照核給。如工在大江以北，程途近者止數十里，遠者有二三百里，難以牽計。應以瓜洲城向例，准給銀一兩零九分三厘二毫爲例。再自瓜洲起，按照程途遞加。水脚係重船逆流挽運，比運中河順水行走較難，應每方每里給水脚銀二分五厘。隨時按照准給，以歸核實。

以上各廳船運碎石，係臨河工程應用者。船即到工，方價之外別無費用。如非臨河工程，船運碎石止到水口，尚須用車接運到工者，應再准按照用車接運里數，每里給車脚銀八分。又碎石工水中抛填者不用砌工，如於乾地筑砌滚壩坦坡等工，每方須用夫三名。合并陳明。

禦黄束清壩請用碎石疏 兩江總督孫會銜

奏爲籌蓄湖水，河口各壩金門衝刷太深，必須酌抛碎石以固壩基，而節錢糧，恭摺奏聞，仰祈聖鑒事：

竊照河口爲淮水匯黄要區，空重糧船必經之地。該處裏河廳設立束清壩，外河廳設立禦黄壩。嘉慶二十二年又奏准各添二壩一道。遇伏、秋湖水漲發，則各該壩一同拆展，以資暢泄。冬令水落，一同進埽收窄多蓄湖水，來春敵黄濟運之用，機宜最關緊要。惟從前黄河底低，冬間洪湖存水二三尺，即足敵黄利運，是以壩工不甚吃重。迨後黄河河底逐漸淤高，湖水亦因之擡高。盛漲之時，高堰志樁率長至一丈八九尺；即冬令水落，亦必收存一丈以外，方能敵黄。水高則溜大力猛，壩門易至刷深，埽壩難期穩立。是以近年收束壩工，較之從前難易迥殊，歲費亦較前增倍。且收束壩工，較之堵閉大工情形尤難。堵閉大工口門收窄時，日夜趕爲進埽，一氣呵成，不至任其過於刷深。至收束之工，則口門收窄，日夜淘刷，壩頭屹立水中，經歷半年之久。一經跌有深塘，則埽壩因之蟄塌。

自上年秋後，豫省蘭儀漫溢，黄水匯入洪湖，歷今兩年，淮、黄俱由河口暢出，兩壩口門衝刷日久，實較從前深至一倍。本年春夏之交，惟以籌泄湖漲爲要。臣黎世序即慮秋後水消，收束壩工大爲棘手。因思近年來黄河險工，遵用前人成法，於埽前拋護碎石，工程立見平穩。石質堅重，歷久不壞。且一埽拋石，上下各埽均倚以爲固，實爲河防經久之良策。南河自埽工拋石以來，頻歲安瀾，錢糧漸歸撙節，實已著有成效，歷經奏明在案。因思碎石既可用之於埽前，即可用之於壩底。壩門刷深至五六丈以外，先以碎石拋填深塘之内，以後即不至再爲淘深。所進占埽立於堅石之上，較之立於沙土者，自屬穩固。臣黎世序當與臣孫玉庭面爲講求，并札飭該道廳早爲籌備。該道廳以埽前用石雖有成效，而壩底用石事屬經始，所議未能合一。臣等以該道等尚爲慎重起見，亦不便相强。迨至七月下旬，湖水日消，該道廳請發收束壩工錢糧，前來臣等業已照例批發。該道將督同廳營趕爲進占，迨至十月初旬，臣等正以湖水日耗，壩工趕進不前，時切焦思，乃據裏河廳稟報，束清壩收窄口門至二十餘丈，溜勢益大，口門刷深至六丈餘尺，該西壩塌去十二丈。臣黎世序趕至工次查看，并面同該道將廳營再四講求。據稱清水暢出頻年，迥非向年情形可比。雖該壩擇於底平之處另行築做，看來該二壩水勢刷跌過深，非用碎石拋填斷難存立。拋填碎石，每壩須費不過二萬餘兩，以後年年築壩，俱免淘深之患，所省實多。且占埽不至蟄塌，工員亦免賠累。再碎石拋填深塘之内，石上仍留水深四丈，亦不至阻礙湖流。反覆籌商，但有裨益而無流弊。衆議僉同，合辭具稟請奏。

前來臣等查南河情形，清水力能敵黃，則百事俱順；若收蓄湖水不能應時，黃水倒灌，則百病日增。欲籌經久之良法，於收蓄既能應時，而歲費得有撙節，則除壩門拋填碎石之外別無長策。今既據該道等合辭請奏。

前來臣孫玉庭、黎世序又復反覆札商，意見相同。除東清壩已失占埽，着令裹河廳張棟照例賠出，不准開銷外，謹將東清、禦黃壩現擬拋填碎石緣由，合詞具奏。伏乞皇上聖明，訓示施行。

謹奏。

嘉慶二十五年十月二十一日專差拜進。

於十一月十二日徐州途次奉到御批：『知道了。欽此！』

覆奏御史條陳碎石疏

兩江總督孫會銜

奏爲欽遵諭旨，悉心體察，據實覆奏，仰祈聖鑒事：

竊臣等承准軍機大臣字寄四月初三日奉上諭：『據御史馬步蟾奏稱「近年南河多用碎石築禦黃埽壩，以爲耐久節費，勝於秸料。然議者謂徐州一帶河狹堤高，更防壅滯。石性沉重，被溜衝掣，漸入中流深處，不能隨水漂走，易致挂淤，現形阻淺」等語，南河各工屢據該河督奏報，於堤埽之外包做碎石坦坡，以禦盛漲。工既堅實，於錢糧亦多節省。今議者以碎石掣入中流，恐致河身淤墊。究竟碎石工程有無此種流弊，或行之目前有益，日久不免貽患，着孫玉庭等確加勘驗，體察情形，據實覆奏。該督等俱係實心任事之人，務當詳審利害，熟籌久遠，以副委任。將此諭令知之。欽此！』臣等跪誦之下，仰見我皇上慎重河防、務垂永久之至意。臣等職任宣防，敢不竭盡愚忱，以期千慮之一得？

伏查徐州城外，黄河逼近城垣，向於堤外建有石工，以爲捍衛。迨後年深日久，石下底樁不無朽壞。黄流大溜衝刷，恐有塌卸之虞。是以自乾隆年間，即於石工之外，拋填碎石偎護根脚，其頂衝迎溜之處，并拋砌碎石，挑壩挑溜開行。石工藉資穩固，郡城恃以無虞。是徐州城外護堤碎石由來已久，并不始於近年。至徐州一帶近山之處，埽工外拋護碎石，實足抵禦大溜，費節工堅。從前歷任總河，如蘭第錫、康基田、吴璥、戴均元、徐端，任内均經歷次估辦，題奏有案。臣黎世序於嘉慶十七年任事，當即遍歷各工，逐細講求。因見徐州一帶，凡埽前拋有碎石之處，工程信爲鞏固，碎石亦堅立完整，歲修大有節省；其無碎石之處，溜勢趨刷，則厢蟄頻仍，險工叠出。因思徐州近山之處，碎石既屬得力，其餘各廳亦可仿照辦理。且碎石産自山中，不須購買，止須人工采辦。即距山稍遠，亦可用船裝載抵工，當即據實奏明。按以離山道里之遠近，酌定采運之方價，奉部覆准，歷年遵循在案。數年以來，南河工程藉資穩固，歲用錢糧亦漸歸節省。此南河修防兼用碎石之原委也。

伏思黄河修防，向恃埽工。其大汛水勢上灘，則以堤防爲保障；若水落歸槽，堤工并不著重；至於河勢坐灣，溜行堤根，則仗埽壩以護堤。而埽壩以柴秸爲之，即使廂做堅實，率至二三年即歸朽腐。是以每歲拆舊换新，勞費迄無底止。且相連數段，同係舊埽，一經大溜衝刷，同時塌卸，名曰『脱胎』，堤工頓成巨險。即趕緊補還，原埽而隨廂隨蟄，所用錢糧已屬不貲。自間段拋護碎石，上下數段均倚以爲固。且埽段陡立，易致激水之怒，是以埽前往往刷深至四五丈，并有至六七丈者。而碎石則鋪有二收坦坡，水遇坦坡即不能刷；且碎石坦坡，黄水泥漿灌入，凝結堅實，愈資鞏固，亦斷不至掣入河心。是以凡有拋石之埽，其本段永無蟄塌之患。其上下無石之埽，即至朽腐塌卸，補廂亦易爲力，斷不至有『脱胎』搶險之虞。

南河大廳，從前每歲用銀至二十五六萬兩者，近年用僅止十二三萬兩，所省已將及半。而工簡務閑，人得從容措手。較之從前，亦勞逸迴别。是欲固工節帑，爲河防久安長治之策。除碎石之外，無他術也。

臣等伏思《洪範》一篇，首重五行。五行之性，惟土剋水。而河流攻岸塌灘，堤工不能存立，轉似水能剋土。豈五行之理，或不可恃？因思水有剛柔，土亦有剛柔。尋常止水，則堤堰足以禦之。至於黄水乘風鼓浪，或大溜奔騰，是水之剛，必須剛土方能禦之。石於五行，亦土也，特土之剛者耳。以剛土禦剛水，於五行之理亦適符合。至於柴埽葦草之質，本不能剋水。奈自昔相沿，取其浮鬆易辦。然以之塞決救急則可，以爲經久之策則萬不如石。以柴質鬆而易朽，不如石質堅而不壞也。

經始之初，埽工既不能廢，而又加之以石，似乎其費倍增。以久遠而計，石工漸多，而用料漸少。是以錢糧漸省，而工程益堅。且不獨此也。從前淮揚一帶民間炊爨，每柴一石須錢七百餘文。八口之家，釜下之需倍難於釜上。自河工兼用碎石以後，民間柴價幾減一半，於小民生計裨益無窮。而論者『或以爲石性沉重，被溜衝掣，漸入中流深處，不能隨水漂走，易致挂淤，現形阻淺』等語，不知河工南、北兩堤相去或千餘丈及數千丈不等。即至狹之處，亦不下七八百丈。河流所經，寬不過二三百丈，其餘盡屬淤灘。河溜悍急，遷徙靡常。其攻塌南岸，則北岸生灘溜至堤根，則對岸沙嘴必挺出數百丈。堤根之地，尺寸在所必争。是以廂護埽段，外抛碎石，合計埽段碎石，其寬不過十餘丈。此岸堅實不能攻塌，則必攻塌彼岸之灘。夫以寬闊數百丈之河面，僅於靠崖處所護此十餘丈之石壩，何能壅滯河流？且長河深處不過一二丈，獨至埽前，溜勢激怒，始淘深至四五丈。其碎石止填護埽前深坑，以免游蟄塌卸之患。至河心之水，其深不及埽前之半。石質沉重，既偎護於埽前，斷不能捨此之下，而就彼之高。是碎石掣入中流，挂淤淺阻，乃必無之事。

且查嘉慶八年，欽奉上諭：『本日召見莫瞻菉，據稱徐城以下，高堰較多。推原其故，因二十年前徐州知府王兆棠任内，曾遇搶險之時，一時不及趕辦埽工，遂多運山石在南岸堵築，保衛城池、田廬甚爲得力。嗣後河員等因其著有成效，每遇搶險時即如此辦理。歷届督臣、河臣，亦深以爲便。而石塊愈積愈多，不免層層下壓，沉至河心，隨流激蕩；其質沉重，易於堆垛。其勢參差，更易挂淤。現今高埂情形，未必不由於此。著傳諭吴璥詳加體察，據實具奏。隨經吴璥奏稱，親用二丈四五尺之大鐵簽，在河心逐段錐試，俱深插入土，并無石塊頂住。是年冬疏挑引河，亦未見起出石塊。此在工官弁兵夫萬目所共睹者。欽奉上諭，莫瞻菉所稱河心積石堆垛，或有挂淤等弊，既據吴璥查明。徐城河身水深一丈數尺，實無石塊坍卸阻塞確切無疑。自係莫瞻菉誤聽人言，妄行陳奏，竟可毋庸置議等因。欽此！』是南河兼用碎石，業已相沿數十年，至今并無流弊，其爲永無流弊可知。特以河工情形，非身履河濱，且閲歷數年之久，不能真知灼見。而局外人以耳爲目，妄肆揣度。是以自古談河者以訛傳訛，聚訟紛紜，多致阻撓成議也。

臣孫玉庭甫任兩江之時，亦聞人言嘖嘖，以爲碎石日前見效，日久必有流弊，如該御史所言者。是以於嘉慶二十四年進京祝嘏陛辭之時奏明，由徐州一帶行走，察看河勢情形。是時豫省馬營壩尚未堵合，江境河乾水落，其埽外碎石全行涸露，了然可見。臣孫玉庭一路查看，見埽外碎石頂坡完整，堅立凝結；根脚尚有積水，低於河心。且相距甚遠，碎石斷不能横穿大溜，仰升而至中泓，乃知人言之不可信。其所以故爲此論者，一由河工兼用碎石，工程平穩，用料減少，販户不能居奇；一由於游客、幕友見工簡務閑，不能幫辦謀生，故作影響之詞，遠近傳播，是以嘉慶八年即有此論。今御史馬步蟾似係相沿舊説，據以入告。臣孫玉庭非於河乾水落之時親自逐一查勘，亦不敢深信而不疑也。至上年疏挑引河各段，工員亦從無河心挑出石塊之事，可爲明證。且豫省儀封迤下，淤與堤平；而江南境内河底深通，僅止間段挑浚。一自黄流挽復，順軌東趨，毫無阻滯。現在埽前凡有碎石之處，水勢仍深二三丈不等，較之長河仍有加倍之深。各汛弁按旬探量具報，歷歷可查。該御史所云現形淺阻之語，更屬無據。

抑臣等更有請者。江境河工兼用碎石，連年工固瀾安，已著成效。而豫東黄河從未抛護碎石，是以從前漫決頻仍。今東河臣張文浩以及河北道嚴烺、開歸道周以輝皆曾任南河道員，深知碎石之益，其瀕行時臣黎世序曾與反覆籌商，皆以爲必須仿照江境，兼用碎石，工程方資鞏固。乃或以離山較遠，采運稍難；或以大工甫竣，日不暇給；或以錢糧限於額數，不能兼及。然臣等受恩深重，東河、南河事同一體，未敢知而不言。即創始之初，多費數十萬金；而日後工固瀾安，不惟節費，實可利民。合無仰懇皇上天恩，敕行東河河臣一體仿照辦理，庶全河普慶安瀾，以期仰贊我皇上水土平成之盛治。

臣等欽奉硃諭，盡心職守，勿懼嫌疑，用敢切實陳明。并繪圖貼説，恭呈御覽。是否有當，伏祈皇上聖鑒訓示。

謹奏。

道光元年四月二十日拜進。

於五月初四日奉到朱批：『覽卿等覆奏，剴切著明。并繪圖貼説，了如指掌。朕深嘉慰。所奏另有旨。朕斷不爲浮言所動，卿等務隨時盡心，照舊料理可也。欽此！』

道光元年四月二十七日内閣奉上諭：前據御史馬步蟾奏『近年南河多用碎石包護埽壩，石性沉重，掣入中流，易致挂淤，現形阻淺』等語，當經降旨，令孫玉庭、黎世序確加勘驗，詳審利害，據實覆奏。兹據奏稱『黄河修防，向恃埽工。柴秸二三年即歸朽腐，每年拆厢勞費無已。自間段抛護碎石，上下倚以爲固，埽前不致刷深。且黄水泥漿灌入凝結，永無蟄塌之患。南河歲用所省已將及半。至河工南、北兩堤，相去千餘丈不等，至狹之處亦有七八百丈。埽段碎石，寬不過十餘丈，何能壅滯河流？且長河深處不過一二丈，埽前溜勢淘深每至四五丈，碎石止填護埽前深坑，斷不能捨卑就高，掣入中流，挂淤淺阻。孫玉庭曾於河乾水落之時親至查勘，上年疏挑引河，亦從無河心挑出石塊之事，可爲明證』等語。南河險工，於埽壩之外抛護碎石，歷有成效。堤工既資鞏固，錢糧亦歸節省。該督等身親閲歷，目擊情形，可信其永無流弊。其言實爲剴切著明。嗣後如有應行修防之處，着仍照式妥辦，以期永保安瀾，勿爲浮言所惑也。欽此！

文奏議　卷五

酌減料價疏兩江總督百會銜

奏爲察訪南河料價稍平，應請酌減發辦以歸撙節，據實奏聞事：

竊照南河料價，自嘉慶十二年奏奉諭旨加增定例之後，歷年循照發辦在案。原因市價過於昂貴，實在不敷辦理，不得不寬爲增定。若市價漸平，即應隨時據實奏聞酌減，以歸核實。

臣於接任南河之後，每遇發辦各料，即隨時留心察訪市價，向均未能平減。前因督臣百齡清查蕩地産柴各數，采運到工者比從前較多，是以各廳購料比前較少。且兩年來南河未有大工，民間料物不至搜購無餘。近日柴秸市價稍減，臣與督臣百齡稔知經費支絀，當料物昂貴之時，固不敢圖節省而啓偷減之弊；及市價平賤之際，尤不敢任浮縻而開侵冒之端。密於通工逐加訪詢，通盤籌計，除徐屬豐、蕭、銅沛、睢南、邳北、運河六廳原增例價本輕，且界連豫東，稍爲被旱，現在市價未能較賤毋庸議減外，其餘各廳柴秸均照現形例價酌減一成，足敷購辦。本年應行備料，各廳即應援照辦理，以歸核實撙節。如將來再能平減，或仍覆昂貴，總當隨時具奏，核實辦理。所有柴秸減價發辦緣由，謹會同兩江督臣百齡恭摺奏聞。伏乞皇上睿鑒。

謹奏。

嘉慶十九年閏二月初七日專差拜進。

於閏二月二十七日奉到朱批：『另有旨。欽此！』

同日承准軍機大臣字寄協辦大學士兩江總督百、署江南河道總督黎、河東河道總督吴：

嘉慶十九年閏二月十七日，奉上諭：　黎世序奏『察訪南河料價稍平，除徐屬豐、蕭等六廳現在市價未賤，毋庸議減，其餘各廳柴秸照現行例價酌減一成購辦』等語。近日南河柴秸市價稍平，自應將原增例價隨時酌減，以歸核實，惟所奏酌減　成之處殊未明晰。著將該處料垛現行例價若干，應議酌減若干，詳晰查開具奏。該省按所減之價發辦，部中按數核銷，以杜浮冒。上年豫省被旱，購料昂貴，將來堵築睢工，需用較多。此時南河市價既平，料物自屬充裕。著百齡等與吴璥札商，如合計運脚可以節省錢糧，此時即可多爲購備，以爲協濟睢工之用。該督等察看情形，會同妥辦。再睢工現已緩堵，全河匯注洪湖。汛水長發時，清江一帶及堰盱各工均關緊要。百齡、黎世序當相度機宜，及早籌備，盡心防護，務期計出萬全，毋稍疏虞。將此諭令知之。

欽此！

奏覆遵查應減各廳料價疏 兩江總督百會銜

奏爲遵旨詳查江境應減各廳料價，開單具奏，并會商辦料協濟睢工，據實陳覆，仰祈聖鑒事。

本年閏二月二十七日，接准軍機大臣字寄奉上諭：『據黎世序奏「察訪南河料價稍平，除徐屬豐、蕭等六廳現在市價未賤，毋庸議減，其餘各廳秸柴照現行例價酌減一成購辦」等語。近日南河柴秸市價稍平，自應將原增例價隨時酌減，以歸核實。惟所奏酌減一成之處殊未明晰。着將該處料垛現行例價若干，應議酌減若干，詳晰查開具奏。該省按所減之價發辦，部中按數核消，以杜浮冒。上年豫省被旱，購料昂貴，將來堵築睢工，需用較多。此時南河市價既平，料物自屬充裕。着百齡等與吴璥札商。如合計運價可以節省錢糧，此時即可多爲購備，以爲協濟睢工之用。該督等察看情形，會同妥辦等因。欽此！』仰見我皇上俯籌帑料，垂訓諄詳。欽感無以名喻。

伏查南河購辦柴、秸兩項，均以斤束定價，每束定例三十斤。各廳離産地遠近不一，例價多寡不同。嘉慶十二年照原定例價奏明加增，按照斤束分别發銀，令各廳購辦。部中即照數核銷，歷經遵循，辦理在案。

臣黎世序前摺具奏酌減一成，係照各廳增加之例價，分爲十成，酌減一成。如每銀一錢，應減銀一分。原擬俟奉旨後再行查開細數清單，咨部核辦。兹蒙諭旨，飭令詳晰查奏。謹開具清單，恭呈御覽。

其徐屬豐北、蕭南、銅沛、睢南、邳北、運河六廳，原增例價本少，且距葦營道遠，毋庸議減；及例用江柴之揚糧、江防二廳，均未列入單内。仰祈敕部查照。自本年起，照減定之數發辦報銷，以昭核實。

至購辦協濟睢工料物，臣等昨與東河臣吴璥詳細面商。江境惟淮揚一帶料價現雖稍爲平減，惟距睢工甚遠。現在上游無水，既不能通舟，若由洪湖達淮，溯流運送，計程千有餘里。不特湖中風色靡常，每虞漂失；即淮河逆流挽運，計其所費，運脚倍於購價，斷不能比豫省減省。應俟秋料登場之時，察看豐、蕭一帶，如果料價可減於豫省，再爲具奏辦理。謹先合詞繕摺覆奏。伏乞皇上睿鑒。

謹奏。

嘉慶十九年三月十九日附驛拜進。

於四月初十日奉到朱批：『工部知道。欽此！』

謹將南河各廳購辦柴秸奏請，照現行例價酌減一成，分别開具清單，恭呈御覽。

柴料

山安、海防、海安、海阜四廳現行例價，每束重三十斤，銀七分六厘。今酌減一成，銀七厘六毫。每束發辦銀陸分八厘肆毫。

外南、外北、揚河三廳現行例價，每束重三十斤，銀八分八厘。今酌減一成，銀八厘八毫。每束發辦銀七分九厘二毫。

裡河、中河兩廳現行例價，每束重三十斤，銀九分五厘。今酌減一成，銀九厘五毫。每束發辦銀八分五厘五毫。

桃南、桃北、高堰、山盱四廳現行例價，每束重三十斤，銀一錢。今酌減一成，銀一分。每束發辦銀九分。

秸料

宿南、宿北兩廳現行例價，每束重三十斤，銀八分七厘。今酌減一成，銀八厘七毫。每束發辦銀七分八厘叁毫。

桃南、桃北兩廳現行例價，每束重三十斤，銀九分。今酌減一成，銀九厘。每束發辦銀八分一厘。

外南、外北、中河三廳現行例價，每束重三十斤，銀九分三厘。今酌減一成，銀九厘三毫。每束發辦銀八分三厘七毫。

高堰廳現行例價，每束重三十斤，銀九分九厘。今酌減一成，銀九厘九毫。每束發辦銀八分九厘一毫。

山盱廳現行例價，每束重三十斤，銀一錢零二厘。今酌減一成，銀一分零二毫。每束發辦銀九分一厘八毫。

覆奏工部飭減料價疏兩江總督孫會銜

奏爲遵旨查明南河歷年用項情形，及料物現在時價分别酌減緣由，恭摺奏祈聖鑒事：

竊臣等承准軍機大臣字寄奉上諭：『工部奏南河物料時價漸平，請核實辦理一摺。南河需用物料，前因時價增昂，經該督等奏明，降旨飭查，准其加價。嗣以南河柴秸市價稍平，復令將原增例價隨時酌減。近數年來，南河各工均臻平穩，一應物料價值，自應更爲平減，乃該河督等連年報銷，僅將淮揚、淮海二道及宿南、宿北二廳柴秸酌減一成，海安、海阜二廳量加節減。其徐屬六廳，常、鎮二廳，尚不在議減之列。此外，河工需用之蔴觔、柳束湖蘆、雜草、杉椿、石料、河磚、土方、夫匠等項，款目繁多，亦均未議減。計自嘉慶十一年加價以後，即就歲搶修一項，核計已加，用銀一千萬兩之多。其另案搶辦，及隨時堵築、挑培各工，加增銀數仍屬不少。國家經費有常，豈容如此浮糜？著將工部原摺原單發去，交孫玉庭會同黎世序將單内所開各款逐一確查，據實核減。即不能悉符舊例，亦將何項可以減價若干之處分晰酌核，奏明議減。務各激發天良，認真查辦，不得率聽工員浮開捏報，致滋弊混。欽此！』并蒙發交工部原摺一件，原單一件。當經臣等將欽遵查辦緣由，先行附片奏聞在案。

伏查河工用項，款目雖多，而報銷章程止分三項。凡就舊有之埽段，每年拆舊換新，隨時廂辦，所謂歲搶修也。其向來無工之處，盛漲搶險，及禦黄、束清、楊莊等壩，隨時拆展收束，并各壩啓放堵閉，以及運道挑淺，添築草壩，束水刷沙，修砌磚石，增培堤堰，抛築碎石，皆爲另案工程，係常年必應辦理之事，隨時附摺，奏明辦理，所謂常年另案也。至若堵閉漫口，挑河築堤，廂辦禦水埽工，及創建、拆造閘壩，改挑河道大案土工，非常年應有之事，悉歸專案，奏明辦理，所謂專款另案也。

臣等查河工修防蓄泄機宜，全在未雨綢繆，布置周密，庶臨時得以有備無患。斷不可惜小誤大，陽博節省之名，暗滋浮糜之實，久邀聖明洞燭。凡此常年另案，及專款另案工程，皆係相度河勢情形，實有必應，籌辦萬難。稍事延緩者，方敢核實，估計價銀，奏明辦理。既不敢稍任工員藉滋浮冒，亦不敢計料價之昂貴，置要工於不辨，轉致臨時周章，益增糜費。

至南河料物例價，係雍正年間所定。歷年久遠，生齒日繁，物價漸昂，例價實有不敷，以致一切不能核實辦理，流弊無所底止。嘉慶十一年，經前任督臣河臣據實奏增。蒙欽派大員來工，逐細體訪，奏奉諭旨，准照舊價增半倍至兩倍三倍不等，物價既已漸而加。如果工程漸減，價值漸平，自應隨時酌減，以重帑項。臣黎世序於嘉慶十七年秋間接任南河以後，每遇發辦工料，無不隨時察訪，期於可省即省。當於十九年間將料價較多之淮揚、淮海二道，及宿南、宿北二廳柴秸奏請減價一成。至二十一年，又將海安、海阜二廳料價再加節減。其料價較少之徐屬六廳，及常、鎮二廳料價，體察情形，委難驟行議減。是以未經查辦，此先後辦理之實在情形也。

茲工部以『南河歲搶修及另案工程，嘉慶十一年未經加價以前用銀較少，十一年加價以後用銀較多，是價值雖已加增，而工程仍未核實』等語，臣等就工部所指前後用銀多寡懸殊之處詳查原卷，仔細考較。查乾隆五十九年起至嘉慶十年止用項較少，係因嘉慶元年以後，豐北六堡、山東曹工、河南睢工、蕭南邵工、唐家灣、河南衡工十餘年內，黃河上游六次漫溢奪溜，且有經一二年始行堵合者。計下游八年無水，工程一律停修。用銀較少，實由於此。然此十餘年中，除去各漫口大工外，另案挑培建砌各工，亦經用銀至二千六百九十九萬。至嘉慶十一年至十七年，南河最爲多故。黃河則兩次王營減壩、郭家房、陳家浦、馬港口、棉拐山、李家樓等處漫工，運河則佘家壩、千根旗杆、百子堂、荷花塘、二堡、三堡、狀元墩、王家莊等處漫溢，洪湖則臨湖石工仁、義、智三壩掣通。凡此七年中，堵築工程甚多。并歲搶修例案外，其兩岸堤埽内，除李家樓地處上游，餘俱下游，漫口掣溜更甚。非特不能停修，情形更爲吃重。所有另案各工，雖用銀至三千三百餘萬兩，實因工程比前加多，即錢糧不免多費。是河工用銀之多寡，全視工程之險易，并非因加增料價，以致用數懸殊也。且十五年以前所用錢糧，曾蒙皇上飭派户部尚書托津初彭齡帶同司員駐工清厘，逐款稽核，將逾例多用銀兩奏明着賠，其餘均屬工款相符。

臣黎世序於十七年秋間到任後，經工部奏催，欽奉諭旨，飭令前督臣百齡派委地方道府大員設局清厘。經臣黎世序照案具題，部覆准銷。是十七年以前所用錢糧，業已層層稽核，委無浮冒不實之處，已可概見。且非臣等任内之事，實無所用其迴護。

自嘉慶十八年起至二十一年，則係臣黎世序到任以後之事。初值南河棘手之時，黄河底墊高，兩岸堤工無不卑矮。減水壩工率多廢壞，洪湖之五壩已廢其四，其餘運河各閘壩亦均多損壞未修。叠蒙睿謨指授機宜，數年之間，次第修復。黄、運、湖河堤工普律加幫，始得一律高聳；又於徐州創建虎山腰減水壩，以抵毛城鋪滚壩之用；又將王營減壩修復，遥堤一律增培；又將山盱智、信二壩石底接長，數年無衝缺之患；又於蔣家壩以南創挑三道引河，以抵舊仁、義、禮三壩之用。其餘運口及邳、宿運河、高郵各閘壩均以次修整。

仰蒙皇上福庇，數年來水勢長落應時，啓閉蓄泄得以操縱由人，一切漸復舊制，普工屢慶安瀾。統計數年創建修復各工，共止用銀三百九十餘萬兩； 又豫省睢工合龍，江境培堤堵閉水口，廂辦禦水埽工，亦止用銀二百六十餘萬兩。以上各工均非常年應有之事，悉歸專案奏明辦理。現在有工可驗，毫無不實。

至臣黎世序任内常年另案工程，嘉慶十八年實止用銀二百一十餘萬兩，十九年用銀八十四萬餘兩，二十年用銀二百八十七萬餘兩，二十一年用銀二百七十二萬餘兩，并無如從前三百數十萬及四五百萬之多。工部將十一年至十七年所用銀數與臣黎世序任内一并計算，自覺用銀較多。其實近年來并不至如從前之多費，案册具在，實不能稍存欺飾也。

伏念臣黎世序仰蒙皇上特達之知，委任河防，每思負荷孔鉅報稱爲難。惟有殫竭血誠，不辭勞怨，以認真稽核工程錢糧爲首務。每於查工收工之際，無不逐段較量，親注底簿，尺寸之間，不敢存見好屬員之心，稍任冒混。此係臣黎世序分内應辦之事，從不敢冒瀆聖聰者。至臣孫玉庭自上年履任兩江，因河務工程素非熟諳，屢經周歷查勘，虚衷詢訪，始知大概。竊以全河獲保安恬，工程尤應慎重，庶幾安不忘危。

現在河底漸刷漸低，海口溜勢愈暢，此誠極好機會。而溜急勢迅，即不免上提下移。已生工者，不能不加意修防； 未生工者，仍時有變遷之慮。核計現在埽工，比之十年以前，又不啻增至兩倍、三倍。均有工可驗，有册可查。

河工修防之法，全恃用料廂埽。埽段既日廂日多，繁費即日增日廣，實屬勢所必然之事。惟臣黎世序職守所繫，尤深惴惴刻意講求經久之法，應如何得有把握，俾錢糧漸歸節省。因見徐州一帶工次，有前任河臣康基田、吴璥用碎石抛護埽段，日久尚然完整。工程既化險爲平，又比柴秸經久，行之業有成效，因與各道將頻年講求將來節省錢糧之法，實無逾於此。是以奏明，飭部議定例價，令各廳一體照辦。雖碎石體質笨重，運載維艱，目前不能不用錢糧，第以碎石護埽，不獨省用物料，且更處處得力，經歷年久，節省實多。現在徐屬各廳，間段抛有碎石。每廳每年所用錢糧，比之從前已省至七八萬及十餘萬兩。而淮揚、淮海兩道各屬，因距山較遠，抛用碎石之處較少，即埽工料物不能遽減。兩者計算，明效顯然。此又臣黎世序於常年防汛銀内曲籌節省之方，以爲經久之計之實在原委也。

今部臣以南河少爲平寧，自當物力稍豐，請將各項料價一律減省，誠爲節省錢糧起見。國家經費有常，近年南河險工較少，比之前數年，物力自稍寬舒。如可力求節省，自應量加酌減。惟查河工，正料以柴、秸二項爲大宗。秫秸産自豫東、徐屬接壤之區，購辦稍易。至宿、桃以下，地勢卑窪，秫秸出産無多，必須購自徐州上游，用船裝運。人夫飯食，船價折耗，轉比購價加倍。海柴産自海濱，更須逆流挽運。風水靡常，遲速不定，所費尤鉅。較之豫東工次就地購買應用，難易迴〔一〕殊。況百物時價，總以糧價爲根本。河工運料辦工，必先敷其口食，而後可計工酬值。今雖數載安瀾，而生齒日繁，米糧價值尚無減落，則一切市價自難過於裁抑，人所共知。

臣等接奉諭旨後，一面飭令各道確細查核，一面會同密加察訪。清江一帶民間炊爨，所買海柴至賤時，每斤須錢四五文不等。揚州一帶炊用江柴至賤時，每斤須錢三文。徐州一帶炊用秫秸，每斤雖止一二文，而舟車轉運到工，即須脚費一二文。比之現行例價，不能減少。倘目前過事裁減，必致市價不敷，又啓從前虚開工段之弊。況豫東河工正價之外，尚有民價幫貼；江境則絲毫取辦於官，如工價不敷，辦理掣肘，設遇險要工程，工員畏縮不前，貽誤事機，所關匪細。

臣等受恩深重，自應籌計全局，慎終於始。兹再三斟酌，查秸料産在上游，各廳辦用究係順流直下，購運稍易。兼之近年雨水調勻，歲收豐稔，一切物價不無稍平。所有上下各廳購買秸料，未經酌減者，請照現行則例酌減一成；其已經酌減者，請免再減，以杜流弊。至海柴自海口逆流挽運，脚價較多，現行例價實在難以再減。其江柴、湖蘆、雜草，亦照秫秸之例，酌減一成。至蔴麻一項，産自豫東，江境非堵閉大工，常年工程所用無幾。

查豫省前歲堵辦睢工奏明，新蔴登場以後，每斤減價，給銀四分。江境現行則例，每斤僅止三分及三分九厘不等，亦實不能再減。柳束一項，江境除兵采額柳交工濟用外，并不發價購買，毋庸置議。杉椿一項，産自江西、湖廣，由糧船客販到工，日貴一日，難以議減。唯石料一項，埝盱修砌工程所用較多，從前悉由大江以南及徐州等處采辦，脚價較昂。近因盱眙、潤溪地方采出見方石料，可適工用。水程稍近，應請將高埝、山盱、裏河、外南、外北五廳有估辦閘壩工程之處石料酌減一成。其餘各廳不用潤溪石料者，例價如故。至河磚、石灰、米汁、鐵錠、土方、夫匠等項，逐加體訪現在市價情形，均未便概行議減，以致工員難於辦理。臣等仍當隨時體察，此後或遇歲收不齊，料價長跌靡常，辦理勢難劃一之處，另容據實籲懇恩施。倘托賴聖主洪福，長此普慶安瀾，數年後工程更有把握，料價日就平減，臣亦當即行奏明，再議酌減。斷不敢稍任工員冒混浮糜，上負恩慈，自干咎戾。就現在情形而論，工程實尚未能過省，物料價值實尚未能過減，亦不敢稍存遷就之心，將必應修理之工程惜費不修，未便過減之物價過事核減，以致工程稍有貽誤，錢糧轉致多糜，辜負皇上委任河防、治益求治之至意。

如蒙俞允所有現擬酌減之柴秸、石料例價，本年時已五月，一切工料業照現行例價發辦。且現在柴秸市價均比例價較昂，應請俟本年霜降節後爲始，再照減價辦理，合并陳明。

所有臣等查明酌議緣由，謹合詞恭摺覆奏，并將工部原摺原單謹封呈繳。伏乞皇上睿鑒訓示遵行。

謹奏。

嘉慶二十三年五月二十一日專差拜進。

六月十四日奉到朱批：『另有旨。欽此！』

嘉慶二十三年六月初二日，内閣奉上諭：　孫玉庭等奏南河物料價值分别酌減一摺。前據工部奏，年來江南河工順軌安瀾，料價漸平，請降旨令江南總督、河督將各廳柴秸未經減價者，及蔴斤、磚石、夫工等項核實議減。兹據該督等奏，除海柴、蔴麻、杉椿、磚灰、土方、夫匠等項實難議減外，請將上下各廳秸料未經減價者酌減一成，已減者免其再減。江柴、湖蘆、雜草亦酌減一成。高堰、山盱、裡河、外南、外北五廳采辦淵溪石料，俱酌減一成，其餘各廳仍循舊例。著照所請，即自本年霜降後爲始，照所減之價辦理，并著工部查核。照現減價值通計，一年約可撙節錢糧若干，自行具奏。欽此！

【校記】

〔一〕迴，似應作『迴』。

敬抒欽感下忱并附陳實在用項情形疏 兩江總督孫會銜

奏爲疊奉訓喻恩綸，敬抒萬分欽感下忱，并附陳實在用項情形，仰祈聖鑒事：

竊臣等前經查奏南河歷年用項情形，并請將秸料、江柴、湖蘆、淵溪石價俱酌減一成緣由，欽奉上諭：『著照所請。即自本年霜降後爲始，照所減之價辦理等因。欽此！』又奉上諭：『南河近數年來工固瀾安，料價漸平。該督等現已將柴秸等項價值酌減一成，仍當隨時體察。凡遇豐收年分，不論何項料物價賤，即據實奏明核減，以省帑項，不必顧慮一減之後即不能復增。如適值料價昂貴，減定例價實有不敷，該督等據實奏懇，仍可俯允所請。總當實用實銷，嚴查浮冒，要工無誤，國帑不糜，方爲不負委任等因。欽此！』仰見皇上於任重帑項之中，寓體恤周備之意。臣等不勝感激。正在恭摺奏謝天恩間，又承軍機大臣字寄欽奉上諭：『據工部奏「南河現減料價一成，計算每歲僅省銀二三萬兩不等。請仍飭該督等將歲搶修款内各項料物普律大加節減，土方、夫工大宗項下確切删除，按成議減」等語。南河近數年來工固瀾安，河流順軌。該河督等經理一切事宜，尚屬妥協。前據工部奏請，令將柴秸等項價值議減。據該督等奏，將秸料、江柴、湖蘆、澗溪石價俱減一成，雖已核減，爲數尚不爲多。曾經降旨，令該督等隨時體察。如遇豐收年分，不論何項物料，價賤即據實奏明核減；倘遇價貴之年，仍准奏明加價。兹又據工部奏請，飭令再行議減。連歲河工安穩，年穀順成。該督等遵照前旨，如各項料物、夫工實有可以節減之處，務激發天良，隨時奏明，不可浮冒，據實核減，但總期將全河工程永保安瀾。用所當用，減所當減，實能通工鞏固，護衛民生，而帑項亦不至虚糜，方爲兩有裨益也。工部摺著發交閲看。欽此！』臣等跪誦之下，欽感益深，莫可名狀。

伏查河工用料之多寡，全視工程之險平；而物價之低昂，又視年歲之豐歉。原非可以稍存拘執，致滋弊混周章，乃臣所難言之隱衷。悉蒙皇上洞燭情形，俯垂訓示，飭令臣等隨時體察。凡遇豐收年分，不論何項料物，價錢即據實奏明核減；如值料價昂貴，仍准奏明加價。執中定制，核實考工，釋工員顧慮之心，杜用項浮糜之漸。俾得用所當用，省所當省，修防有恃，操縱無虞。通工大小員弁，共聆天語煌煌，無不感深以涕。

臣等受恩深重，具有天良，又何敢不益殫血誠，力杜浮冒，以冀錢糧悉歸實用，工程永保安瀾，少酬高厚鴻慈於萬一？至蒙發閱工部原摺，臣等詳細閱看，在部臣職司綜核，共期慎重。帑項自不得不分明指飭，而臣等稽核錢糧，尤其專責。凡可以稍籌節省之處，節一分浮糜，即盡一分職守。今經部臣將歷年用項情形，并將來有可節減之方備細指陳，俾臣等得以提撕警覺，益於全河公事有裨，臣等實深敬服。況蒙皇上諭令，臣等遵照前旨辦理，并未飭令再行議減。

臣等惟當凛遵籌辦，本不容再行剖陳。惟查内外臣工共辦一事，凡有下情應行上達之處，無不當備陳聖主之前。敬將工部原摺所指各條，一一爲皇上陳之。

如原摺所稱『就十八、十九兩年用數核查比較，現減一成例價，每年僅止節省銀二三萬兩。以通工銀款核計，所減不及百分之一』等語。臣等查嘉慶十八年現議減價，各廳歲搶修秫秸、江柴等料，用銀四十五萬餘兩；另案各工秫秸、江柴等料，用銀二十九萬餘兩。以一成減銀比照，約計共節省銀七萬四千餘兩，與工部摺開僅節省銀二萬九千餘兩數目微有不符。至嘉慶十九年，江境黄河斷流，現議減價，各廳工程多半停修，即秋後預備睢工合龍所辦工程，多係挑河培堤，與料價無涉，無從比較。臣等照工部比較之法，將嘉慶二十年各該廳歲搶修、另案工程用料計算，可省銀六萬五千餘兩。復將嘉慶二十一年各該廳歲搶修、另案工程用料計算，可省銀六萬四千餘兩。且查前次未經奏減料價以前，每年歲搶修題報，用銀一百五十萬兩。自臣黎世序奏減料價以後，每年題報，止用銀一百三十餘萬兩。是前次減價，就歲搶修一項，每年已有節省銀十餘萬兩；再加另案工程，及此次續減之數，每年總可節省銀二十餘萬兩，尚不止百分之一。至臣等前奏，工用錢糧分爲三項。查與工部原奏，分别歲搶修、另案及大工三項。名目雖殊，用項則一。即如十九年豫省堵閉睢工，江境挑河培堤，并厢辦禦水埽工，與睢工事同一例，并非常年工程可比。其餘創建虎山腰滚壩、王營減壩，山盱挑辦減水引河及大案土工，并修整閘壩，皆爲久遠之計，悉非常年所有之工。是以有常年另案、專款另案之分。非敢多立名目，藉圖牽混也。

又如原摺所稱『加價以後河工多故，七年之内另案各工用銀三千三百餘萬兩。若扣除加價，按例價報銷，止需銀一千數百萬兩。實因料價增長，方至多開加倍』等語。臣等查未經加價以前，十年之内，上游叠次漫決，長河下游八年無水，尚用銀至二千六百余萬之多；而十一年加價以後至十七年止，南河各工叠出。最爲多故之年，似不能用銀轉少。自邀聖明洞鑒。

至臣黎世序任内所辦常年、另案各工，如十八年用銀二百一十餘萬兩；加以歲搶修，亦不過三百餘萬兩。十九年僅止用銀八十餘萬兩。至二十、二十一兩年，因黄河甫經挽復，長河尚未刷滌深通，用項稍多。尚有蕩柴作價，每年約二十餘萬兩在内，計請發現銀亦止三百餘萬兩。至二十二年，現在奏送清單，統計歲搶修、另案，亦止三百餘萬兩。

溯查嘉慶十一年奏請加價之時，摺内聲明『近年南河工用，總在三百萬兩以外；自工料價值加增以後，歲搶修俱係實用實銷，無庸再借。另案名色，并虚開椿木，通融匀銷。核之近年報用錢糧，仍止此數』等語，可見未經加價以前，與既經加價以後，南河每年用銀總須三百餘萬兩。惟未經加價以前，例價不敷采辦，而實用無從開報，不免通融虚捏之弊。既經加價以後，銀數實用實銷，而工程毫無虚冒，一祛從前朦混之風。是因加價而開報核實，并未因加價而用項轉多也。

近年以來，仰蒙皇上如天之福，河工漸次平安，用項力圖撙節。是以自加價至今，雖歷十餘年之久，而歲用銀數，總不逾原奏三百餘萬之數。固不能因加價而節用錢糧，實不至因加價而多開加倍。近日各處閘壩業已修理齊全，專款、另案工程絶少。但期全河從此永慶安恬，即常年、另案工程，亦可逐漸省減。臣等惟有欽遵諭旨，隨時體察。凡料物、土方、工匠價值，無論已減未減，遇有某項時價稍平，可以酌減發辦者，即行據實奏明辦理。仍當隨時刻凛遵聖訓，總於工程穩固之中，可省即省，力除浮冒；　仍不敢拘泥出納，貽誤修防，轉滋糜費，上負逾格恩慈，自干咎戾也。

所有臣等欽感遵辦下忱，謹合詞恭摺覆奏，并將工部原摺謹封呈繳。伏乞皇上睿鑒。謹奏。

嘉慶二十三年七月初九日專差拜進。

八月初一日奉到朱批：『工歸實用，帑不虛糜。視國事如家事，以百姓爲子孫。保衛民生，永期鞏固。天不可欺，財不可貪。明有王法，暗有鬼神。大小臣工，戒之在心，守之在志。將此朱諭，通諭知之。欽此！』

文　奏議　卷六

徐州展寬河面初疏兩江總督孫會銜

奏爲籌辦徐州一帶土石工程，并展寬河面，動用節存銀兩，恭摺奏聞，仰祈聖鑒事：

竊查本年大汛，江境黄河水勢，自清口以下，經上年清水暢出，刷滌深通，是以盛漲之時，宿、桃以下水勢并不上灘。惟徐城上下河身最爲窄狹，全河至此爲之一束。加以從前豫省叠次漫溢，河灘停積淤沙，并上年挑河堆積土山，經本年伏汛盛漲，大溜衝刷，一涌而下，一遇徐州河窄之處，水勢驟然擡高，比向年盛漲尚大四尺餘寸，拍岸盈堤，甚爲險要。幸堤工皆本年加培堅厚，隨又趕加子埝，方保無虞。迨水勢消退，兩岸河灘淤高七八尺不等。所有銅沛一廳及毗連豐、蕭、邳、睢四廳上下一帶，堤工又形卑矮，必須再爲加培，方足以禦來年盛漲。又徐州護城石工，亦須一律加高，以衛郡城。又徐州北門外河面，南係徐城，北係居民；泊岸中間，僅寬七八十丈，通河以此處爲最窄。本年盛漲水勢上灘，該處居民房屋均已浸泡水中，已多坍塌；水退之後，爲沙土淤埋。該處居民多願遷徙移居。臣等與道將等反覆籌商，莫如趁此將居民房屋量給遷徙之費，將該處河道計長二百七十丈挑挖展寬四十丈，庶河身上下一律通暢，永無逼窄之虞。

惟該處泊岸歷年已久，多有大石及碎石没入水下；且有屋基石脚，必須撈挖盡净，辦理實爲不易。臣等以全河機要，不可稍爲畏難。必應乘冬令水落之時及早趕辦，當飭道將逐一查估。

茲據稟稱，銅沛各廳加培堤工，并添築土壩，約估銀四十萬餘兩；徐城北門石工加高，約估銀六萬餘兩；徐城對岸展寬，約估土方銀八萬餘兩。其居民遷徙房屋之費，由臣等酌量捐給，不動正項錢糧。統計三項工程，共估銀六十餘萬兩。

臣等查係必應辦理之工，惟查兩淮運庫，每有額解河工銀兩，及各項生息之款。臣等於河防工用逐年節省，而兩淮商力疲乏，遞年欠解，亦日積日多。截至現今止，計兩淮欠解河庫各項銀共一百一十餘萬兩。臣等查此係河工遞年節省之項，所有徐州一帶，應辦加培土石及展寬河道工程，就節省之項儘敷動用，毋庸另請錢糧。當即札商兩淮鹽政臣延豐，歲内能否趕解若干。嗣據稱年内可以趕解銀三十萬兩，尚有不敷銀三十萬兩。合無仰懇皇上天恩，飭部於就近藩關各庫借撥銀三十萬兩，足成六十萬兩之數？趁此冬令水落工閑趕爲興辦，於來年桃汛以前一律完竣，由臣等逐細驗收，庶將來大汛防守益可放心。所有借撥銀兩，即由兩淮陸續解還歸款。如此一轉移間，既不另請錢糧，要工得以應手無誤，實於全河有裨。

謹開具兩淮歷年欠數清單，合詞恭摺具奏。并繪圖貼説，恭呈御覽。伏祈皇上聖鑒，訓示施行。

謹奏。

道光元年十月二十三日專差拜進。

於十一月十八日奉到朱批：『另有旨。圖留覽。欽此！』

道光元年十一月初五日内閣奉上諭：『孫玉庭等奏請動項籌辦土石工程，并展寬河面一摺。江境黄河水勢，自清口以下，經清水暢出，刷滌深通，惟徐城上下河身窄狹。本年伏汛盛漲，兩岸河灘淤高七八尺不等，該督等請於冬令水落之時及早籌辦。着照所請，銅沛一廳及毗連豐、蕭、邳、睢四廳上下將堤工加培，并添築土壩。徐州城北門石工一律加高，徐城對岸河道展寬四十丈。所有估需銀六十萬餘兩。現在兩淮運庫積欠河庫銀一百一十餘萬兩，着該鹽政即於年内解還銀三十萬兩，其不敷銀三十萬兩，着户部於就近藩關各庫照數借撥。該督等派員趕緊興工，務於來年桃汛以前辦理完善。其借撥之銀，飭令兩淮陸續解還歸款，該部知道。欽此！』

徐州展寬河面二疏

奏爲查看徐州黄河上游各工辦理情形，并運河鋪水啓放禦黄壩，重運首幫渡黄日期，恭摺奏聞，仰祈聖鑒事：

竊照徐州一帶加高土石各工，并北門對面展寬河道工程，最關緊要。叠經奏蒙恩准，動用節存銀兩辦理。時届春融，即應次第趕辦。至各廳春修埽工，爲大汛防守之資，亦須乘此汛水未至之時逐細估辦，催據各道廳陸續呈送估册。前來臣於正月二十七日由黄河南岸一路查驗上行，查宿遷、桃源一帶河道深通，上年大汛水勢并未上灘，刻下水勢比盛漲尚小八九尺，估辦埽工高出盛漲水勢四五尺，足資抵禦。其有埽段朽腐者，乘此水小之時分别拆廂；其近溜頂衝埽段，即添估碎石，以資偎護。自邳、睢以上至豐、蕭一帶，上年水勢較大，兩岸增培土工，均已分别估定，高於盛漲水勢六尺爲度；其有迎風犯浪之處，加估五收坦坡，并分别包淤。至徐城北岸展寬河面挑工，占礙民房早已全行遷移，春融以後，按照估定寬深丈尺，釘立封墩信樁，一律興挑，人夫極爲踴躍。惟該處舊係房基泊岸，多有磚石淤埋土内，辦理稍爲費手。現已辦有二三分工程，寬其時日，總期啓除盡净，挑挖如式。徐州護城石工估加高者，計長一千一百九十九丈五尺。現在石料、灰磚均已到工，次第開砌，務期灰漿滿足，與舊工連成一氣。以上各工，均分段派員監修，臣與徐州道吴耆德往來督辦。

查徐州一帶，上年因陰雨過多，收成歉薄。值此青黄不接之時，有此數處工程，就近民夫皆得傭力工作，於小民生計實有裨益。通計各項工程，大汛以前均可一律完竣，不致遲誤。至各廳歲料，總計到工已有八分，現仍源源運道堆收。臣察看堆垛，尚屬堅實，并無虚鬆短少情弊。邳、宿運河，撈淺切灘，工程於正月内完竣。東省於二月初三日啓放湖口，閘鋪水下注接准漕，臣知會首進幫船，均已跟接前來。當即飭行署淮揚道沈惇彝，督同廳營將禦黄壩趕爲啓拆，於二月初五日放水，首進頭船揚州二幫於二月十一日渡黄北上，隨後各幫船均跟接趲渡。至十八日已渡黄八幫，計船三百三十八隻。本年南北運河深通，水勢充足，即可銜尾北行，早達天庾，均堪仰慰聖懷。

所有查看各工情形，及鋪水啓壩、重運渡黄日期，理合恭摺奏聞。伏乞皇上聖鑒。謹奏。

道光二年二月十九日專差拜進。

於三月十三日奉到朱批：『知道了。欽此！』

徐州展寬河面三疏

奏爲驗收徐州挑河培堤各工，并籌防大汛辦理情形，恭摺具奏，仰祈聖鑒事：

竊照徐州銅沛及豐、蕭、邳、睢各廳兩岸堤工，因上年大汛，河灘淤高，均形卑矮，籌估加培。其護城石工亦一律加高，以資捍衛。徐州北門外河面狹窄，并估展寬。臣等節經奏蒙恩准，動用節存銀兩辦理。

本年交春後，臣親赴徐州，查勘覆估，派員興辦。臣因前項各工關係本年大汛，防守甚爲緊要，督令各工員加意認真辦理。土工務期重硪套打，石工務期料整漿足。展寬河面，係在民居屋基處所施工，不但起除磚石根脚，且須將水下泊岸大小石塊刨挖净盡。是以寬其限期，以免草率；嚴加稽察，以杜偷減。自正月興工，至閏三月底四月初旬，各工先後報竣。臣親赴各該工逐細驗收，加高石工及展寬挑工，辦理均尚如式。加培堤工，間有土性沙鬆，錐試滲漏之處，督令加硪包淤，以期一律堅實。内有數員辦理遲緩尚未完竣者，分别摘頂記過；其武弁則立加棍責，以示懲儆。所有徐州北岸展寬河面，挑辦雖已完竣，須俟汛水長發、溜勢猛驟之時再行啓放，以資滌刷。并於對岸上游築挑水壩一道，挑溜北趨，由展寬河面處行走，則南岸徐城一帶溜勢輕鬆，石工可免吃重。又銅沛等廳，堤工臨黄坦坡有原經包砌碎石之處，此次幫培不能不將碎石起除，工完後仍應照舊補還。原包碎石有淤入灘内，未便刨挖，致於堤根有礙；其不敷石塊，酌估增給，一律鋪砌，以期抵禦汛漲。蕭南邵家壩自嘉慶五年堵築之後，八年將大壩以外深塘放淤，其二壩以内至三壩尚係深塘。現在河勢南趴，已將塌近二壩，急應將二壩内塘放淤，以免生險。臣督飭道將察商，將三壩堤工加幫寬厚，厢做護埽，於二壩外灘挑挖進黄順清溝渠，大汛時引黄灌注澄淤，以期化險爲平。各廳防料以及籌備土石均經寬爲發辦，現已源源到工，期於動用無誤。

現在節交夏至，河湖水勢雖未見長，而大汛已臨，正伏水長發之時。臣惟有督飭道將廳營等整頓精神，竭力防守，務祈處處周密，共保安瀾，以副我皇上永慶平成之至意。所有驗收徐州各工，及籌備防汛各情形，理合專摺具奏。伏乞皇上聖鑒。謹奏。

道光二年五月初四日專差拜進。

於五月二十四日奉到朱批：『所奏俱悉。時臨大汛，在在均宜小心防護，相機辦理。勉之慎之。欽此！』

徐州展寬河面四疏 兩江總督孫會銜

奏爲時交伏汛，黄、運兩河同時盛漲，各處工程搶護平穩。現在水已見消，恭摺具奏，仰慰聖懷事：

竊照河工夏至節後即爲伏汛長水之期。本年三月遇閏，五月初四日已節交夏至。臣等先經籌備料物錢糧，督飭各道將廳營汛委員弁分別駐工防守。旋據豫省馳報，萬錦灘於五月初一、初六、初十及十四日共長水六尺二寸，沁河於五月初二、十三、十四日共長水一丈一尺二寸，洛河於五月初六日長水二尺餘寸。通計各來源，共長水一丈九尺餘寸，匯流下注。江境黄河自五月初五、六日起至二十日，各工次第長水八九尺不等。邳、宿運河，因大雨連旬，東境蒙沂山水漲發下注，長水一丈餘尺，由中河歸入黃河，更增頂托之勢。黃、運同時盛漲，河口禦黃壩口門寬十四丈，早經預備堵閉料物。五月初間，黃水漸長，比清水較高，即飭淮揚道河營參將等趕爲進築，於五月十四日堵合斷流，以免黃流倒灌。

臣黎世序因水勢接長，上游工程緊要，督飭堵閉禦黃壩後，即自清江起身，前赴徐州一帶督率防守。途次接據徐州道稟稱，徐城北岸展挑河道，於五月初九日因水長溜大，乘機啓放。大溜全歸新河，衝刷甚爲通暢，新、舊兩河業已合并爲一。睢南廳於十四日開放峰泰滾壩，銅沛廳於十七日開放十八里屯滾壩，分減漲水。其天然閘及龍虎山滾壩仍爲堅守，以收刷河之益。宿北廳皂河汛之李家莊，宿南廳蔡家樓汛之兵九堡，睢南廳王家堂汛之張家莊，邳北廳五工頭汛之十一堡迤下，均因水長坐灣溜走堤根； 桃南廳龍窩汛夫〔一〕二十一堡迤下淤閉，舊工復被溜刷出，塌及堤身。臣黎世序臨工查勘，督令趕緊廂埽，以資抵禦。銅沛廳大壩汛之兵十二堡，河勢坐灣，舊有挑水壩，形勢孤立。飭令於上下添築土壩六道，并各空檔處拋護碎石，可期化險爲平。至各廳新舊埽工，有迎溜行蟄不止者，均經趕拋碎石，即時穩固。

臣黎世序行至徐州察看展寬新河，形勢實爲寬暢。對岸上游先築挑水大壩，長五十丈，挑溜北趨，直注新河，甚爲得力。是以一經開放，大溜奔騰而下，新舊兩河中間土埂淤灘登時刷去，水深二丈餘尺，兩河合一。現在大溜全趨北岸，刷塌河崖，河面寬有一百二十餘丈，向來河流逼束之病爲之頓除。在工官弁兵民無不喜形於色，皆謂從此河得暢行，徐城之險可以少減。

臣復細加考究，此次長水，徐城以下邳、睢各工已與往年盛漲相等，自徐城以上豐、蕭兩廳，比去年盛漲尚小三尺餘寸。是徐城河道展寬，水勢暢達下注，實有明驗。此皆仰荷聖明垂照，不惜帑金，先機飭辦，俾徐州數百年來之梗阻，一旦豁然大通。臣等感幸之私，難以言喻。邳、宿運中河水勢拍案平堤，各閘越壩前於重運完竣後即全行啓放。除楊莊口門内頭、二、三壩、駱馬湖、尾閭五壩，均行啓拆。并將鹽閘啓放，以資暢泄。其鹽閘外裏頭雁翅及閘下兩岸護埽，卑矮、朽腐之工分別修整。此次漲水積長至半月有餘，大而且久；加以大雨時行，傾盆下注，在工官弁兵夫奔走於風雨泥淖之中，人人奮勇，處處周密，至五月二十日以後，上下各工水勢陸續報消二、三尺不等，工程一律平穩。洪湖水勢自五月中旬以來，每日報長一寸；高埝志樁，現存水一丈，足資容納。刻下伏汛甫交，此後水勢大小難必。臣等惟有督率在工大小文武員弁竭力修守，以期工固瀾安，仰副我皇上永慶平成之至意。

所有黄、運兩河同時盛漲，搶護各工平穩情形，謹恭摺具奏。伏乞皇上聖鑒。

謹奏。

道光二年五月二十四日專差拜進。

於六月十五日奉到朱批：『覽奏欣慰之至。已交伏汛，在在均宜留心保護，以期永衛民生，而慶安瀾也。欽此！』

【校記】

〔一〕夫，似應作『之』。

覆奏御史條陳土工疏

奏爲欽遵諭旨，謹將查辦土工情形，據實詳細具奏，仰祈聖鑒事：

竊臣承准軍機大臣字寄道光三年九月初五日奉上諭：『御史佘文銓奏請稽查黄河歲修土工一摺。「據稱承辦土工員弁，每乘上司巡查之後，夜間遣令兵夫搜挖堤梗灘地之土。灘地挖去一寸，堤身自高一寸，名曰『搜根』；再以所挖之土培所築之堤，事半功倍。是一寸已得二寸之數，一尺即冒二尺之銀。侵漁實不可問。至土工堅否，全賴夯硪。新築之土，名爲坯頭，夯硪工價估在土方價内，承辦員弁冀得盈餘。新築坯頭輒厚至三尺，薄亦二尺有半，夯硪焉能結實？錐試之法，止及土面。工段往往高七八尺及五六尺不等，底則任其虚鬆，硪亦有名無實。惟迎面之上，始加套硪。用錐之人，早爲關説；下錐提錐，多有手法；執壺淋水，亦用詭計。驗收上司轎馬速行，一望而過，當面被其欺朦。至估工之初，舊堤尺寸略爲少報；新工報竣，舊可抵新，名爲『挪掩』。及收工之時，執持丈杆、簟繩之人，得受賄賂，照册丈量。樹杆稍斜，頂高即符額數；簟繩微鬆，單長不殊原估，按之原估額數偷減亦多」等語。黄河保障，全恃堤防。堤防之堅與不堅，視土工之實與不實。每歲擇要估辦，動需銀數十萬兩。若如該御史所奏，歲修土工浮冒朦混，弊竇叢生，工程不固，實由於此。着黎世序、嚴烺隨時密查前項興築土工是否有此等弊混。一經查出，即嚴參懲辦。總期工歸實用，帑不虚糜，方爲不負委任。將此各諭令知之。欽此！』

臣跪誦之下，仰見我皇上慎重河防，諄命提撕之至意。

伏查辦理土工之弊，本屬甚多。御史佘文銓所奏，皆係河工每歲通行嚴查之事實，尚有不止如該御史所云者。杜弊之法總在確估於未辦之先，嚴收於工完之後。大抵承辦工員，不免有冀得盈餘之想。而工員所用之夫役，皆係從中謀利，善於弊混之人，是以無弊不作。工員稍不精明，亦即受其欺蔽；上司稍爲疏懈，亦即受其欺朦。如該御史所稱搜挖堤根灘地之土，名曰『偷底』；除『偷底』之外，所築坡身不能飽滿，略帶微窪，名曰『螳腰』；加高之工，頂寬外坡，丈尺雖足而裏坡有陡立之勢，名曰『戴帽』；堤頂兩邊加高丈尺，雖與原估相符，而堤心略帶微窪，名曰『架肩』；一面收高者，將施簟一面斜高，名曰『聳肩』。皆是偷減土方之弊。至於坯頭加厚，名曰『加坯』；行硪不到，名曰『花硪』；工完之後，以長錐簽試，長錐釘下，兵夫用力提拔之時有意旋轉，則灌水易保，名曰『泥墻』；灌水之時，故將泥漿及膠粘之水灌入，名曰『作料』。

其餘瑣屑欺蔽之處，實不勝枚舉，皆是偷減夫工之弊。惟在立法周詳，稽查嚴切，諸弊自能去除。

南河歷年來辦理土工，臣督同各道，從不以廳營估册爲憑。先令該管各道逐細查估，臣再親加勘估，較舊堤長丈，高寬雖有尺寸少開，亦必於册内增出；并相度取土之遠近，工程之難易，酌定方價之貴賤，則以舊抵新之弊自除。偷底之弊，堤根灘地悉係老土，草根盤結，至收工春深之時，草色回青，一經偷挖，情形顯然，難於掩飾。臣於開工之先申明禁令，培堤取土須離堤二十丈，灘窄者亦須十五丈方准取土。如工完之後，堤根草皮鏟動者，即嚴治偷底之罪，則偷底之弊自除。使水行硪，辦工之時原難處處查其偷減，臣總以錐試爲法。所築之工高五六尺者，一錐可以到底；高八九尺及一丈以外者，先於堤頂錐試，再於堤坡自上至下逐段簽試。灌水不保，即係水硪不足，委員押令翻築，再行報驗。一經翻築，其偷減硪水之銀，即不敷翻築之用，其弊即不禁自除。至執簹持杆人等得賄舞弊，皆視上司之是否認真查察以爲進退。臣與各道每遇查驗土工，無不逐段細爲較量。丈杆不許稍斜，簹繩不許稍鬆，親自察看，逐細於簿册登注。自朝至暮，窮日之力，僅能行走三四十里，從無轎馬速行之事。現今有歷年估工收工親筆注載簿册可據，飭行文案可憑。各工員有辦理不能如式者，量其情節輕重，武弁則棍責示懲，文員則摔頂記過，責令補辦如式。即如本年加培黄河兩岸土工，經臣查驗，多有責令翻築補築之處。由道驗報，臣遇便復加勘驗，不容稍事顢頇。此臣於歷年土工嚴查杜弊之實在情形也。

今蒙聖諭特頒，臣惟有慎之又慎，嚴益加嚴，總期帑不虛糜，工歸實用，以副我皇上諄諄訓戒之至意。

所有臣查辦土工情形，相應據實具奏。伏乞皇上聖鑒。謹奏。

道光三年九月二十一日附驛拜進。

於十月初六日奉到朱批：『覽奏甚屬明晰，查辦均各認真，年來永慶安瀾。非其明驗與嗣後，永宜遵守舊辦章程，以勤以慎，共慶平成之福也。勉之！欽此！』

文紀·記·叙

聖駕再詣盛京祗謁祖陵，禮成恭紀頌九章謹序

臣聞《詩》述邰基邠館，爰念發祥；《禮》稱後海先河，斯爲務本。是以《卷阿》矢咏，鳳凰翔翽羽之庥；蒲阪巡方，龍馬錫神圖之瑞。矧我國家，肇基震域，式廓乾圖。卜世卜年，億祀受昊蒼之眷；丕謨丕烈，萬方被祖澤之隆。爲亘古所希聞，生民所未有者乎！

欽惟我皇上，德符荃綷，治炳羅圖。隆殷薦於郊壇，馨升對越；肅明禋於太室，■假居歆。宥密單心，睿謨廣遠；緝熙主敬，聖學光昭。亮功則釐典六官，制治則垂箴百吏。親義信序，崇五教以敷文；定保安和，秉七德以經武。刑惟祥而加，欽謐安良，嚴非種之鋤；仁以育而廣，恩施惠下，播宜田之澤。由是鏡澂德水，騰景曜於榮光；瑞協嘉禾，被和甘於豐玉。自卿僚以至黎庶，遵皇極者，是訓是行；由畿甸以訖垓埏，歌帝功者，惟時惟叙。凡此命工熙載，勤政愛民，惟體祖宗之心以爲心，法祖宗之治以爲治。聖孝備矣，紹庭揚遹駿之聲；景福申之，合宙焕龐鴻之治。爰整法駕，再莅陪都。溯巡典之肇稱，歲當丑紐；欽上儀之重舉，紀洽寅生。仰聖慕於羹墻，積誠閱十有三載；緬前徽於弓劍，篤祜垂萬有千年。懿夫！華湇呈祥，丹陵毓慶。

天開福地，恢大國之幅員；境啓神皋，篤公劉之締造。左遼右瀋，帶海環江。星象當箕尾之躔，土宇跨幽營之域。抗高山而對長白，儷尊嚴於泰華嵩恒；挹靈派而表混同，包氣勢於江淮河濟。豈徒掩岐陽、轥景亳、陋沛里、狹譙鄉云爾哉！

溯自景命攸歸，聖人首出，德侔天地，功配陰陽。振一旅以開疆，洽萬靈而垂統。洪惟列祖，締造丕基，應天順人，揆文奮武。運玉韜於掌握，振天畢爲網羅。奏功之梱鼓十章，接蓋之花葩五色。造國書則同符倉帝，分旗部則協節春皇。■■木以達群情，闢四門以籲俊士。作新鎬宅，啓鴻圖於在巘在原；載奮軒旄，致梟趨於來王來享。仗鉞而勛傅松杏，雲雷造其經綸；倒戈而威著兖青，日月同其臨照。固已總八方而立極，觀萬國而揚廣。■我皇朝，統壹區夏。以聖繼聖，昭尊祖之隆儀；三巡四巡，著謁陵之茂典。蓋以《周書》紀事，武傅祭畢之文；左史■■，康有朝酆之政。矧詒謨有秩，■雅奏於生民；垂裕無疆，揚頌聲於烈祖。望珠邱而懷霜露，僾乎如聞；瞻瓊闕而感風雲，永言惟則。斯爲國家之成憲，辟聖之前模也。

皇上揚烈覲光，省方設教；乃頌詔諭，乃稽典章。東土時巡，仍準十年彝憲；西成物阜，載歌七月豳風。黍稷告豐，枌榆在望。瞻寢園而篤時慕，簪泰壹而修舊儀。遂乃風舉雲搖，烟霏霧集，鴻絅捷獵，浦艾騰驤。望藍納緑之區，咸喜疊迎鸞輅；麥子蘭家之景，更欣重迓翠華。雄關名雅爾哈，儼開庭於太紫；崇岩曰■爾滸，徵識路於飛黃。夫申景鑠之隆規，舉吉蠲之毖祀。

黃彝玉豆，告嘉粟於三陵；金支秀華，播靈芬於萬葉。至孝也。山川休祐，修祀典以示懷柔；褒鄂舊勛，答成勞而賜酬爵。至誠也。殿升崇政，宮御清寧。麟趾臚歡，篤本支於百世；鵷行抃慶，被恩眷於九重。書銜丹鳳，以宣綸竿，表金鷄而解網。引年尚齒，示耆舊以涵柔；振幣蠲租，統軍民而嘉樂。至仁也。毳廬氈幕，扈豹尾而清塵；韎韐句驪，近龍光而鈉贐。至德也。克詰戎兵，陳虎旅而訓以董武；用威弧矢，厲鷹揚而導以知方。至義也。既而回鑾整蹕，問俗采風，述賽斐之遺規，咏霞綳之儉德。萬寓■■■■，■崇實而黜華；百姓蕩垢滌瑕，快桐生而茂豫。至治也。是惟欽世德之作求，廣孝思於錫類，如舟瑶之咏皇過，允迪前光；若木水之有本原，祇承考訓。昭十倫之義，被聲教者，南朔東西；備百順之名，介褫祜者，京垓億兆。

臣南河奉職，北極瞻天。親承提命於宣防，敢效歌賡九叙，幸隸延洪之壽，寓希頌美九如云爾。

大哉孝熙，普存帝薦。謂我聖清，誕膺天眷。朱果祥凝，緑江霞絢。奮甲十三，破敵百萬。光被區宇，氛清廣■。馨答橋山，蕃厘錫羡。其一。

昔我聖祖，三駐辰斿。昔我高宗，四莅壽邱。我皇嗣服，鉅典懋修。留都初幸，星紀一周。載咏《卷阿》，載攬神州。不咸醫閭，松花巨流。其二。

帝謂瀋陽，士風淳樸。大政臨御，睿容有穆。陛列鵷鷺，樓翔鸑鷟。蒿宫無華，松■不斫。

閤啓崇謨，文稽寶籙。堯樽在衢，糠燈代燭。其三。

劍舄有奕，圭瓚告薌；石馬雄杰，神木葱蒼。新條松柏，舊感星霜。帝有寶訓，以教天潢；帝有大箴，以示周行。言溯祖德，德澤孔長。其四。

翼翼皈章，亦孔之厚；紫團成林，黃雲被畝。鑾輿再臨，慶施咸受；喜溢黃童，歡騰白叟。澤茂於戊，典因於丑。三覲華封，再頌聖壽。其五。

帝駐星蹕，肄武閱兵。戈鋋列隊，虎螭屯營。騎射爲本，訓練斯精。緬懷神武，用致升平。雲鶩轡柔，風勁弓鳴。懋賞用勸，壯我干城。其六。

秩祀功宗，風勵有位。及河喬岳，禮明樂備。聿啓燕筵，鹿鳴拜賜。聿省秋稼，魚祥兆致。翠蓋洪頤，葩瑤[redacted]麗。聿追孝[redacted]，[redacted]爲郅治。其七。

孝忱既達，茂儀既崇。言回鶯旆，萬騎景從。言鋪鴻藻，萬福來同。里禾郜黍，鶼南鰈東。奉先祗告，率祖道隆。本根丕篤，咸欽聖衷。其八。

如淪河流，必溯厥原。海尊星宿，山重昆侖。爰至砥柱，爰達海門。恬瀾孔安，導源沾恩。矧帝光天，大本是敦。孝治淪浹，規乾矩坤。其九。

江南河道總督臣黎世序跪進。

《河上易注》叙

《周易》，聖人用中之書也。天地之道，不外陰陽；陰陽會合，則成中德。人受天地之中以生，所謂命也。存之於中，所謂性也。

堯之命舜曰：『允執其中。』舜之命禹曰：『人心惟危，道心惟微。惟精惟一，允執厥中。』《中庸》曰：『喜怒哀樂之未發，謂之中。中也者，天下之大本也。』此言人之中德也，蓋本天地之中以爲中也。

至人之應事，不外剛柔之兩端，而皆貴得中，則不偏不倚，無過不及，此一事之中也。所謂中無定體，隨時而在也。人之形體，陰陽均平，則血脉和而無病；人之性情，剛柔均平，則事理當而無失。

六十四卦，陰陽不皆均平，則有毗陰毗陽之患，於是裁爲三陰三陽。聖人損過，就中之道也。六子之中，惟坎離剛柔得中，其餘震艮巽兑，皆有偏倚之形，於是變爲坎離，聖人補偏用中之道也。坎離者，剛中柔中，分而應事，則爲中道；合以存心，則爲中德。故易字從日月，謂坎離也。遠在天地之大，近在一人之身；精之在性命之微，顯之在裁制事變。内聖外王之道，皆不出此。故曰：『聖人之作《易》也，將以順性命之理。』以體天地之撰，以通神明之德。

凡卦，皆由坎離以還乾坤，卦體不一，而其歸則同。故曰：『天下同歸而殊塗，一致而百慮。』彖辭則統示其義，爻辭則分著其時。合於此則吉而无咎，悖於此則凶悔吝隨之。故曰：『知者觀其彖辭，則思過半矣。』明乎六爻之變，彖辭已隱括其義也。

卦分二體，二五得中，而又有中正之分焉。正者，正己以正人。主在位出治者，而言外王之道也。中者，自審以處中。主在下自治者，而言内聖之學也。正主莅事，中主宅心，故五多言正，二多言中。其曰『以正中也』，蓋言五以正道，中於其下也。其曰『以中正也』，蓋言二有中德，後往居五，行其正道也。實則中未有不正，正亦不離乎中。一言用中，則正在其中矣。

中之義，貫於六十四卦之中，遍行於三百八十四爻之内，明夫天下至纖至悉之事，處之皆有中道。故曰『極天下之至賾』而不可惡也，『鼓天下之至動』而不可亂也。

推而言之，執中之訓，發自《尚書》；《中庸》之書，成於復聖。《詩》三百篇，不皆中，而詩人諷刺之旨，則裁之以中。故曰：『詩三百，一言以蔽之曰：思無邪。』無邪，即中也。《春秋》二百四十年之事，善惡得失，不皆中。而孔子之書，褒者褒，而貶者貶，亦無不裁之以中。蓋聖人禀中德以爲權衡，故能裁制事變也。由是觀之，六經之旨，孰有外於中者哉！

聖人之教人也，各因其性情之偏而約之於中，故曰：『不得中行而與之，必也狂狷乎！』又曰：『吾黨之小子，狂簡斐然成章，不知所以裁之。』然則聖人之裁成人才與裁成卦象皆約之於中。中，即性命之理也，《易》之大用在此。其他則以言者尚其辭，以動者尚其變，以制器者尚其象，以卜筮者尚其占，四者乃《易》之餘事，占者又止《易》用之一端，京焦之徒，擅爲專门之學，而朱子亦以教人占卜爲言，豈朱子未知説卦之文哉？

蓋性道精微，聖人及門罕有得聞，而筆之於書，爲齊民立訓，不得不如此。其人學《易》而果有所見，知其不止於占卜也。即就朱子之説，亦可由淺以及深，而其進自不能已，此朱子之微意也。自漢以後，注者愈多，仁者見仁知者見知，罕有能窺其全者。主象者既穿鑿而難通，説理者又空虚而無據。宋元以來，漢學、宋學各相比附，大抵不出此二塗。

國朝御纂《周易》，折中集諸儒之大成，斟酌至當。御纂《周易》，述義推闡精微，殆無餘藴，《易》道至此而大明。諸儒涵濡聖化，名注甚多，亦較歷代爲盛。自幼傳習是經，服膺聖訓，蓋亦有年。因於南河工次之暇，猶觀象玩辭意，欲以象統爻，先審定其象，再發明其理，期於三聖之言皆合。初尚求之，而未得其要，因讀《繫辭》曰：『初率其辭，而揆其方。』於是逐卦逐爻，皆即辭以求其方，研求既久，漸得乾坤坎離之端倪，與損過就中補偏用中之法，則按之三聖之言，無一不合，乃知所謂典常也。因就所見，疏釋其義，爲《河上易注》上下，經四卷上下，繫二卷，説卦、序卦、雜卦二卷，凡八卷。圖説二卷，附存於後。淺見寡聞，又以河事倥偬，不能專力，疏陋之譏，知所不免。然用中之説，尚不詭於正，存之以備一二云説。

焦山楊忠愍公祀田記

去京■數里，大江之中，有山崒然，漢焦先曾隱於此。山以人靈，凡遺榮棲真者競慕之。前明嘉靖壬子，楊忠愍公有約唐荊川至焦山詩云：『楊子有心渡楊子，椒山無意合焦山。』是時，蓋起自狄道，就官南都也，於是有爲位於焦公祠者。

嘉慶戊辰，余守鎮江金溪，楊公護承宣江寧，嘗過潤州，與余暨揚州張守世浣循山麓而登焉。慨祠之制雖具，而歲久嗣葺之費無出，且春祀秋嘗之無以爲享也，議分俸治之，復市翠屏洲地如干畮，俾山僧守以奉祠。思屬文以記其事，宦轍鞅掌，彼此未遑也。越三載，余被命總督南河，楊公尋以浙江按察使再莅江藩，適山僧來趣，余文因叙次顛末，就楊公正之。

昔明季之世，朝政不綱。嚴氏父子擅權於時，勢若滔天，炙手可熱，舉世趨之，若奔波之赴巨壑，而忠愍公以挺然之節，封章論列，至再至三，曾不可屈，乃至貶竄流離，以至於死。其浩氣所至，確乎不拔，與茲山之壁立千仞，作鎮中流何以異！其山其人，殆皆天地間氣之所鍾，固非世之遺榮棲真者所能知。已余恐山以人靈，將奪之孝，然而屬之公也。焦山藏公遺墨，薦紳先生爲之。至道無言，言者敗之；至德無名，名者失之。况子之扇，採之於泬漻之羽，製之以烏有之工，持之以無爲之手，煽之以廣漠之風，方將携以游太初之野，泱漭之國，迥漠之鄉，元微之宅，聳身而騰，絶塵而滅，附鵬於莊，御風於列，和以天倪，求以罔象，本無論説之可着，亦非思擬所能狀。又何必鑿渾沌之竅，鑽屈轂之瓠，窮蟭螟之體，解疏屬之拘，懲多言之失，悔博物之愚，蓋天下所不解者，以不解解之可也。言未既，逍遥子蹶然起曰：『今子之言，實獲我心。緬陶潛之真意，實欲辨而忘言。子何必恃懸河之口，逞如簧之能；課虚無而責有，扣寂寞以求音。思窮言絶妙，詣方呈請事。斯語肇錫嘉名，昔爲逍遥子，今號忘言生。』

《蘭陔堂詩》叙

所以寫性情■■學問■■■於詩，蓋詩有才有情有學。惟才故不竭，惟情故不■，惟學故不俗。才者天授，而情若學，皆可以自致。三者■■，情之爲疏爲密，學之爲博爲精，悉視乎才之爲大爲小以■■。學之大者不炫才，是故原本性情■■■■，■之則恢張雄奇，收之則超渾卓越，才人之詩也。先■■■而才足以■之故，醇厚深秀，引喻切情，學人之詩也。莫不各有以自立，而相雜於古今。漢陽熊君，夢花深情士也，工於爲■，才足以自達，學足以自成，以名諸生，未售於有司，游東甫■■■■淮最久，與余甚相得。當暮春流覽風物，作■■■四律膾炙人口，余從而和之。於是識君與不識君■■■■和成巨帙，亦一時盛事也。嗚呼！君今其死矣，今年■君之弟增以君遺集，索余叙而付之梓。君詩五言，學■■■■杜少陵七言，則漸及於宋，然終無俗韵，皆本性情■■之，■世之哀然成集而無内心者，蔑如也。此殆近■■人之詩，而才與情亦交副者歟！余惟其詩之足傳而■其人之■已，俯仰今昔眷念古■，有不能去諸懷者，故爲之叙而歸之。

懷歸小叙

衣冠得挂，筆硯代耕。擬賣卜之君平，百錢可活；效荷鋤之靖節，十畝堪娱。門前投刺無車，床上連書有屋。種秫謀醉，采芝療飢。追隨猿鶴，成共命之親朋；雕注蟲魚，即快心之功業。初服未遂，此樂何時？

詩歌　謙豫齋詩鈔　卷一

三月桃花浪

春汛驚初到，夭桃放未殘。花飛三月雨，水漾萬重瀾。淺绛浮新漲，深紅落遠灘。濃堆朝霧濕，輕度晚風寒。路自仙源得，人從畫舫看。柳絲渾掩映，榆莢共瀰漫。江漢穠華暮，秦淮古渡寬。澄清昭聖代，舟楫願非難。

送春

子規啼處亂紅飛，枝上聲聲怨落暉。依舊年年花似錦，何須辛苦勸春歸。

題畫蘭

石痕蒼潤上莓苔，數點幽蘭帶露開。記得春山曾踏翠，一枝携向草堂栽。

年來守静愛山居，小石孤松伴讀書。最是檻前栽數本，花時香氣襲人裾。

甲寅秋闈捷後再至大梁

奪幟文闈古汴京，梁園風景尚分明。天空萬里看鴻漸，秋曉千山聽鹿鳴。杞梓有材期報國，蓼莪無分見題名。每懷培植承先澤，五夜思維夢自驚。

柳絮

楊花如雪撲郊坰，春事闌姗醉未醒。已是隨風同斷梗，何堪着水化浮萍。樓臺别院簾初捲，江浦離亭笛怕聽。馬首年華抛擲盡，莫沾雙鬢作星星。

謁盧生廟

枕中春夢正繁華，夢醒黄粱日未斜。不問是真還是幻，五雲深處即吾家。

旅舍聞笛

爲趁春風到帝京，連宵玉笛暗飛聲。高樓明月人何處？短榻青燈夢未成。千里關山增客思，經年塵土斷鄉情。何當錫宴瓊林後，歸第花搏馬足輕。

乙卯留京

芳草茫茫緑，王孫去馬嘶。虚名燕市駿，鄉夢汝南鷄。寂寞青春暮，徘徊白日低。何因不歸去，已有過橋題。

明月曲

家園夢醒夜如年，客子關山路幾千。兩處同看一輪月，嫦娥應笑復應憐。

京邸聞笛

天高雲净露華濃，玉笛聲遥徹遠空。此際高樓悲夜月，可堪孤館悵秋風。故園楊柳相思切，幾處關山有夢通。洛下鄉書曾達否，莫沉流水付飛鴻。

梅花

洗盡鉛華别有神，空山明月悟前身。共誰索笑成知己，獨自無言不媚人。久别何郎應寄遠，相依宋璟漫憂貧。松筠同歷冰霜老，嶺上先開第一春。

昭君

漢宮妝罷謝君恩，泪掩琵琶過雁門。烽火全銷金甲解，紅顏薄命復何論。

丙辰登第曉至圓明園

北斗城邊瑞靄浮，仙人别館列瀛洲。花間沙路迴龍馭，樹杪雲山擁鳳樓。水暖昆明春蕩漾，天低閶闔月勾留。争傳宵旰勤勞甚，少見長楊羽獵游。

出都至長新店

西出長安第一程，新豐咫尺接咸京。琵琶一曲春明酒，猶似金貂醉帝城。

到官口號

相見争同不見思，花開那似未開時。既醉何如將進酒，居官翻悔讀書遲。

柳枝詞

無力東風漾酒旗，金鞭玉勒故遲遲。春愁恰似江干柳，一樹分成萬萬絲。

春感

曾是章臺走馬人，一年强半出風塵。海棠落盡霏霏雨，客裏看春不當春。

杏花

切忌混於桃花，然又不可粘滯

薄暖輕寒二月中，高低村店酒旗風。霏霏細雨江南路，隔着垂楊數處紅。

幾日新晴欲破枝，游蜂聲細燕差池。鞦韆不動春風笑，正是高樓欲醉時。

春日初食蔞蒿

幾日東風暖玉巵，杏花欲放柳絲絲。汀洲細雨迎人緑，正是蔞蒿上市時。

細緑登盤兩眼明，青蘋風動酒鱗生。野蒿不比春蔬賤，曾爲嘉賓賦《鹿鳴》。

通遠道中喜晴，望廬山積雪

驅車通遠驛，望望廬山巔。數峰晴雪在，時漏蔚藍天。寒風慘栗烈，斜日餘清妍。征人何處宿，墟里生松烟。

廬山方出雲不見其頂

廬山高不極，絶頂封雲烟。吞吐參造化，孰能窺其全。往往爲霖雨，澤溥名不傳。名山如古人，相對思齊賢。

石鐘山

早聞石鐘山，心羨目未睹。郭璞太簡略，蘇氏更詳補。我適苦于役，輕舟發湓浦。望望湖口縣，山城環百堵。漸近見一峰，雕琢錯斤斧。玲瓏有萬竅，胚胎無寸土。捨舟便登陟，嶮巇不容武。是時水方落，山靈洞肺腑。大穴欲吞舟，小孔僅容縷。幽深藏鬼魅，獰劣踞豺虎。但無風水聲，鞺鞳叶鐘鼓。攝衣叩寺門，山僧貌亦古。引入三層樓，心悸不敢俯。上疑通天門，下即臨水府。

躡梯欲匍匐，穿洞屢傴僂。危似以蹲鴟，暗泉如滴乳。微聞老鸛鳴，頗見馮夷舞。山海出奇奧，抗迹思神禹。男兒生世間，乾坤資贊輔。不然隱岩穴，泉石供搜取。胡爲逐風塵，簡書日傍午。

哭劉韵林

潦倒劉蕡苦戴盆，每耽棋局引芳樽。拍張狂叫聲猶在，射覆深颦態尚存。幾日金蟬俄脱屣，只今杜宇尚羈魂。迂疏褦襶人誰似，獨感交情哭寢門。

早歲才華倚馬驕，青雲曾聽九天韶。詩嘔長吉三升血，文涌昌黎萬頃潮。野鶴乘軒原不慣，征鴻失路苦無聊。養兒豚犬君休恨，猶有慈明齒尚幺。

戲作茶鐺詩十首

顧渚名芽一盞分，午風細細水生紋。參差緑樹紅窗底，照見晴空養片雲。

緑槐陰底枕書眠，自在風罏揚晚烟。可意樵青工滌器，解從活火發新泉。

南樓夜雨曉初晴，几案山光照眼明。一盞細評蒙頂味，隔墻叢竹鷓鴣鳴。

玉碗花瓷鷄血紅，宣窑内府篆文工。佳人捧上纖纖手，唤醒仙郎午夢中。

風撲簾旌日轉槐，八磚花影乍朝回。好將碧乳龍團碾，來試明窗瑪瑙杯。

雪窗虚白地鑪紅，石銚書聲矮屋東。蟹眼已過魚眼出，梅花香到半甌中。

隔年雪水勝於江，齊魯無心嗜大邦。清簟疏簾棋局罷，酪奴重鬥未應降。

織雲如綺碧天高，桂子飄香襲彩毫。摘得小山金粟朵，玉壺銀碗噴秋濤。

清泉屈曲繞階墀，竹裹風鑪隔歲支。一縷松烟傍禪榻，空庭鶴唳客來時。

新瓷深靚勝於藍，雨過天青萬象涵。愛趁晚涼閑品第，一泓秋水月初三。

江水行

漢姜詩，妻龐氏。詩事母至孝，妻奉順尤篤。母好飲江水，水去舍六七里，妻嘗溯流而汲，後值風，不時得還。母渴，詩責而遣之。妻乃寄止鄰舍，晝夜紡績，市珍饈，使鄰母以意自貽其姑，如是者久之。姑怪問鄰母，鄰母具對。姑感慚，呼還，恩養愈謹。其子後因遠汲溺死，妻恐母哀傷，不敢言，而托以行學不在。

姑嗜魚鱠，又不能獨食，夫婦常力作供鱠，呼鄰母共之。舍側忽有涌泉，味如江水，每旦輒出雙鯉，常以供二母之膳。赤眉亂，不入其里。

風颯颯兮陰雲愁，溯流不進心煩憂。一解。母渴多時獨坐無語，夫兮痛母義不與處。二解。辭母出門涕泪沾衣，母兮誰托吾去安歸。三解。紡績軋軋鷄烏烏，市珍饈兮貽我姑，顧鄰母兮毋言吾。四解。婉娩入門母幸無恙，兒學未歸母毋惆悵。五解。低聲語夫明日無魚，賣我新絲鬻我舊襦。六解。鄰母來吾母嬉，諧笑語捧盤匜。七解。吾奉吾母不知其苦，涌泉何來魚出何處。八解。哀哀父母生我劬勞，母德春暉兒力秋毫。有母而力未殫兮，無母焉用乎脂膏。九解。

船家四時謡

春日好，百花開。江兩岸，柳依依。紅照眼，緑成圍。啼鳥换，乳鴉飛。新緑水，舊長堤。馬蹄踏遍草萋萋，芳草王孫歸不歸。江頭少婦登樓望，錯認淮南估客旗。

夏日好，緑陰肥。好南風，透葛衣。船滿載，水平堤。挂輕帆，去如飛。新月出，日沉西。河中洗澡不沾泥，江干沽酒片時歸。鮮魚濫賤成筐買，醉飽船頭得意時。

秋天好，碧雲飛。稻花香，兩岸低。中秋節，月光輝。切嫩藕，買新梨。好良宵，醉一杯。幾人作客幾人歸，幾家歌舞幾家飢。中天一個團團月，照見千家事不齊。

冬日好，趁晴暉。趕前程，送客歸。霜不落，雪不飛。帆十幅，北風吹。新皮襖，舊綿衣。一罏紅火酒三杯，暖遍通身睡似泥。歸家好把殘年過，待到新年生意來。

題家叔祖嘯廬詩草

蕭蕭雙鬢苦吟哦，光焰飛騰興若何。滿眼雲山供嘯咏，半生精血肯消磨。詩宗工部雄心壯，人象匡廬古意多。獨抱驪珠渾不見，長同松柏耀岩阿。

如此胸襟酷好奇，廬山面目有誰知。九江風浪心頭涌，五老烟雲筆下披。多少騷人留勝迹，古今名士寫新詩。簿書羈縛身無暇，祇作神游不盡思。

題秋山夕照圖

飈風響天籟，斜日燒林側。中有太古人，忘言看秋色。家山渺何許，石徑疑相識。欲共赤松游，勉此歲寒力。

萍香老人歌 時予宰南豐

萍香老人八十餘，皤然鬚髮肩犁鋤。天真爛熳任太古，短衣襪襏無長裾。縮頭伸項窺傳舍，逡巡直抵庭榮下。吏喝不去故遷延，噥噥細語殷勤謝。自言家住萍香村，薜荔穿墻柳映門。少日皏幪依祖父，老來奔走仗兒孫。迂疏從未趨城市，生平不睹簪裾貴。見説終軍弱冠時，來爲令尹親民吏。今番不識錦衣官，老死鄉區骨亦寒。天上尹何猶墨綬，人間元爽尚黄冠。我聞此語心愴惻，父老何來漫相識。問君花甲幾時過，多少丁男任耕織。羲皇時世葛懷天，烽火無驚二百年。絳縣老人忘力役，桃源處士盡神仙。老人歸與鄉村約，社酒鷄豚消鼠雀。吏不敲門租不逋，長年無事來城郭。田家日月宰官身，同沐熙朝雨露春。未可耕桑忘帝力，豈知宵旰爲烝民。但期朝野終淳樸，政歸易簡人多穀。消息天心協雨暘，黜升庶尹咸端肅。元氣涵濡草木滋，年豐人樂壽期頤。莫言鄉里無聞見，千載難逢是此時。

江右闈中監試作兼呈豫齋項太老師

江右風騷萬派通，高秋金鑒月當空。已收和氏無瑕璧，又惜中郎燒尾桐。苦爲歐曾求片羽，不因郊島廢寒蟲。文章陰隲俱前定，總在洪爐造化中。

釋褐曾經絳帳前，終軍猶憶弃繻年。荆高市上陪文宴，章貢江頭奉講筵。玉筭選來千佛喜，金針度出萬人傳。春風桃李花争發，衣鉢還期第一仙。

初日曈曨滿禁城，簫韶徐奏九天清。詔從丹鳳雲中下，人向金鰲頂上行。四海文章摹賈誼，中朝宰輔望黄瓊。温公不羡簪花貴，懶試紅塵馬足輕。

珠斗文星拱上臺，雙雙羽節出蓬萊。争看麟鳳青霄下，試取驊騮大澤來。繩墨總緣求杞梓，安排猶自憶鹽梅。共憐南楚荒郊令，未是長楊作賦才。

戲贈

笑將春色讓桃根，剩粉零膏舊篋存。一炷心香千遍佛，蓮臺長頌主人恩。

良媒猶記問名時，陌上風光步步隨。草長鶯啼春又老，五更殘月杜鵑枝。

衣衫漸懶逐時新，作計翻蒙大婦親。歌到柳綿吹又少，玉奴青眼自憐人。

羞從香屑賭輕軀，房老年華强自娱。到底玉郎情未了，歲時還許賜明珠。

小星猶記抱衾裯，纔見青春又白頭。畢竟檀郎情似海，不教團扇怨深秋。

翠蛾低掩入朱門，暮雨朝雲歲歲恩。每到酒酣花共笑，玉奴風韵至今存。

不能忘處始情真，太傅櫻桃感暮春。誰遣琵琶彈舊曲，笑他老大嫁商人。

敢索催妝絶妙詞，含情未厭畫眉遲。針樓鏡檻春長好，一種撩人似舊時。

爲静庵題聽雨圖

奔雲挾山山欲飛，雨絲罩地湖光微。芭蕉葉大拓新碧，柳烟花霧沾人衣。静庵静者今無偶，廬山曾與匡君友。和平共信當時才，經綸頗具爲霖手。南康作宰吏如仙，一卷新書手自編。净洗人間筝笛耳，梧桐疏雨聽涓涓。布穀初鳴燕初乳，平疇似罽秧針吐。如膏細雨灑良苗，露葉風枝嬌欲語。仁人托興動如春，生意涵濡草木新。我欲與君參善果，廣施甘露潤斯民。

招隱岩

歲在癸亥，僕於南昌署内得一小石，高不盈尺，陰森幽邃，岩壑天成，空洞間似可容屋數十椽。綴以竹木細草，宛然山林在目，因名之曰『招隱岩』。賦詩三章，聊以見志。

塵滿衣衫訟滿庭，偶尋幽賞構雲屏。眼前草樹三春緑，夢裏家山數點青。此去應逢赤松子，就中或有少微星。仙人鷄犬雲中住，只恐桃源路未經。

峰巒〔一〕突兀倚雲開，移得名山入座來。野竹時看新翠滴，春蕪人想踏青回。天垂洞壑晴如雨，地蟄蛟龍夜恐雷。我欲著書兼學道，何時小築傍林隈。

江左匡廬我舊過，便思學懶叩岩阿。秋深老屋翳松桂，雨足春林養薜蘿。浩蕩塵氛投袂急，苕蕘山色惹人多。請看金絡傳呼地，何似當年安樂窩。

【校記】

〔一〕巒，似應作『巒』。

游洪陽洞

昌山響灘瀨，水急流如駛。夜同龍姥謀，曉問洪陽子。春陽艷松竹，香風送蘭芷。山翠撲衣來，細草承珠履。嵌空張巨口，連山卧封豕。又如吞舟魚，吹沫振長鯉。雲霞任呼吸，河漢接喉齒。同行十輩人，鼓勇壯前趾。爆竹走魑魅，列炬竄蛇蟻。幽窈錮三泉，奇變迷尺咫。探臂捫地肺，伸喙吮石髓。蛟鰐相紛拿，魚龍肆角抵。對面鬼攫人，回頭避蒼兕。嗟哉天地奥，嶮巇至于此。尚疑桃源村，或在深谷裏。陰風起寒栗，凛然思退止。逡巡二洞天，寬敞平如砥。雪宫擬光潔，金堂齊整理。碧彩錯斑斕，軒楹透曦晷。銅壺儼滴漏，中有石乳下垂滴水，下有石承之，名爲銅壺滴漏。金簡列方匭。亦有青玉案，雕胡肆八簋。二洞既整潔如華屋，而四壁石亦多方整，如列器具。毋乃金仙人，於兹常卧起。愧乏丹砂術，采芝隨角綺。塵網苦縈人，猥云輕脱屣。躊躕尋歸路，人影散墟里。回首隔松林，悵望心未已。

戊辰春日舟發袁州返省口號

曉發宜春縣，年華二月中。柳眉新效碧，桃靨各争紅。潮漲湔裙水，寒生少女風。芳菲不相待，身世感飄蓬。

謝豐城王明府饋瓜

舊是青門種，豐城美最傳。望如瞻劍氣，摘亦避瓜田。勸種興民利，分甘累俸錢。俗無還蔕苦，群誦使君賢。

政美如醇酬，浸淫已及瓜。甘疑傾沆瀣，種不碍桑麻。圓處青如玉，分時燦若霞。應能袪内熱，不羨蔗漿嘉。

已覺瓜期届，西南征戍頻。時川、楚用兵。望梅聊止渴，采芑未辭辛。滋蔓圖宜最，壺漿饋亦貧。何時征聿至，親見有敦薪。

舟行喜晴

短草荒蘆接岸平，日華蕩漾縠紋生。榜歌斷續江天遠，始信中流自在行。

連朝細雨灑菰蒲，烟水溟濛四望無。今日放晴天氣好，吴山遥見一峰孤。

羅衣竹簟試新秋，曉氣清明早放舟。望到遥天空翠處，孤帆閑與片雲浮。

白鷺飛飛蘆荻秋，前灘淺水聚群鷗。静觀物化蓬窗對，身世勞勞何所求。

將至廣信呈春泉太守

行至鉛山界，溪流次第聞。山樓多隱樹，水碓自春雲。石罅穿魚隊，灘聲起鷺群。故人今作郡，情話及斜曛。

信州風物好，民氣亦熙恬。共切神君禱，群歌化雨沾。聞本年七月初旬，郡屬望雨。太守默禱，甘霖立應。桑麻今歲熟，禮數野人謙。政美歸仁厚，知公不尚岩。

舟中遣興

萬絲秋柳落潮風，帆影遥天破碧空。幾曲清歌數聲笛，柁樓剛對夕陽紅。

玉山捨舟登陸，至常山復登舟，詩以紀程

懷玉山頭秋氣清，縠江秋水縠紋生。回頭却謝西江水，爲寄平安到灌城。

江上贈湯户部南豐人

昔年濫厠到琴城，嘉慶三年，予宰南豐。早識郎官有重名。已見文章傳紫禁，屢典試差。更儲經術待蒼生。天邊舊望卿雲爛，江上新逢玉鏡清。連日舟停談竟夕，絶勝十載鐵燈檠。

三度銜恩出未央，久栽桃李遍門墻。人材收得歸珊網，治術探來貯錦囊。户部每得名人著述切中時用者，輒什襲珍之。南國輶軒多采問，東山霖雨入篇章。洛陽士子誠何幸，分得南豐一瓣香。

南州送春是歲秩滿卸南昌事

閬苑神洲自物華，東君何苦又天涯。明知有脚春難住，無奈傷心日易斜。王母來時寧是夢，藐姑歸去好爲家。聲聲杜宇休催急，未了餘情爲落花。

天柱山

《寰宇記》：『山陰縣石匱山在委宛山上。』《吳越春秋》云：『在於九山東南，天柱號曰委宛山。其岩之巔，承以文玉，覆以磐石，其書金簡青玉爲字。禹夢見赤綉衣男子，自稱元夷倉水使者，謂禹曰：「欲得我山神書者，齋於黃帝之岳岩之下。」禹乃齋三日，登山發金簡之書，得通水之理。』

東南天柱出群倫，玉簡金函太古春。此去不徒探禹穴，私心猶訪綉衣人。

浣紗石

五雲溪畔苎蘿村，脂粉功勛汗簡存。文種漫悲飛鳥盡，可憐吳沼未招魂。

郡東齋

王朗爲會稽郡時，王肅在郡東齋宿。夜半，有女子從地出，自稱越王女，與宿一夕。將曉，辭去，贈一墨丸，肅用此才思開敏。

曾聞箕帚奉吳宮，王肅何緣有夢通。地下夫差應一笑，明珠端合贈韓童。

蕎麥花

野田白露晚蒼蒼，柿葉微丹豆葉黄。萬頃珍珠吹作雪，一痕瓊玉碾成霜。荻花浦外秋同淡，柳絮灘頭氣轉涼。誰識喬家諸姊妹，碧羅垂袖錦垂襠。

詩歌　謙豫齋詩鈔　卷二

山陰贈商廬陵

故人解組奉庭闈，别後輕帆十幅飛。花影遲遲留愛日，阜心處處答春暉。新正彩勝斑衣艷，舊雨甘棠緑蔭肥。贈我詩篇猶未答，年來江上塞鴻稀。

飛帆欲看海東雲，勾踐城中幸晤君。賀監定多新得句，虞翻應許細論文。奇探禹穴思求侣，倦憩蘭亭正樂群。更有閑情憑指引，苧蘿溪水緑湔裙。

鏡湖

漢順帝永和五年，會稽太守馬臻創立鏡湖，築塘蓄水，水高丈餘，田又高海丈餘。若少水，則泄湖灌田；大水，則閉湖，泄田中水入海。所以無凶年。堤塘周迴三百一十里，都溉田九千餘頃。又《會稽記》云：『創湖之始，多淹家宅，有千餘人怨訴於臺，臻遂被刑於市。及臺中遣使按鞫，總不見人。驗籍，皆是先死亡人之名。』

鑒湖秋水浸雲根，灌溉人沾太守恩。廟食千秋應不祧，巫咸誰遣問寃魂。馬太守後雖廟祀，惟多不知此一段公案耳。

蘭溪舟中

盡日溪流響急湍，林梢次第擁烟巒。東懸峭壁西懸瀑，任向蓬窗兩面看。

小泊

荻岸深宵小繫舟，流螢數點自汀洲。銀鐙不與飛蟲便，偏逐紅光擾不休。

水灾嘆

庚申辛酉，南昌之富倉，上下安樂及新安樂各圩，連年水浸。其民呼曰：『父母官來此，孺子入井時也。』予爲愴然，因請於上司，聞於朝，緩其租賦，又捐貲二千兩，邵方伯亦助二千兩，爲之築堤，微仿以工代賑之意。是歲，民稍舒。堤成，連獲有秋，民各有蓋藏，因紀以二詩。

萬頃洪濤勢若奔，青青禾稻更無存。從今乞食他鄉去，猶恐催租吏到門。

積水消時稻已枯，今年何處是良圖。使君舊頗關民膜，忍見群兒入井無。時予將卸篆，願以告後之宰南昌者。

舟行漫興

一月舟行慣，身閑興轉增。夕陽横野艇，衰柳挂魚罾。瓦竈烹鱸蟹，蓬窗買芡菱。無人共宵話，得句急呼燈。

吴越雜詩

吴山越水對西風，六代繁華似夢中。千載東南留冶習，當壚猶競晚妝紅。

落日青山無限愁，舟行到處儘勾留。杭人只説西湖好，更見吴儂譽虎邱。

花蝶紛紛夢裏游，酒船歌扇儘淹留。相逢莫唱春歸曲，地下真娘也白頭。

要離冢畔土花斑，走馬胥門夕照間。千載吴江嗚咽水，傷心不獨爲紅顔。
姑蘇臺畔螗蛄鳴，烏喙謀成鳥不驚。地下伍員猶報主，寒潮只打越王城。
七里山塘引燭龍，衣香鬢影晚相從。只應布被江頭客，聽見寒山寺裏鐘。
繫纜胥門落日斜，蕭條秋柳暮栖鴉。惟餘一片横塘水，曾泛吴王苑内花。

山陰贈徐燮園先生

山光磅礴水鱗生，真個山陰道上行。選勝難逢前輩在，入郊先識長官清。湖山管領微之福，詩酒風流賀監情。一路耽吟渾汗漫，今宵好與細權衡。
曾記垂髫侍鯉庭，敝廬風雨一來經。花開小院春相問，詩到長篇酒不停。薄宦忽隨江水緑，才人合占越山青。摳衣不厭通宵坐，明日天涯又曙星。

嚴子陵釣臺歌

昔聞嚴子陵，披裘五月寒。至今富春渚，舟子名嚴灘。我來八月未白露，殘暑依然着紈素。燠寒天氣想皆同，冷暖人心殊各具。山不必嵩華高，水不必江海深。前灘後灘各幽邃，自成邱壑能古今。我爲看山得其理，子陵先生亦如此。赤伏符成龍已飛，雲臺多少從龍子。出山果得濟蒼生，縱有功名在何許。光武且并石勒驅，畫得麒麟徒爾爾。仕宦當作執金吾，臣本烟波一釣徒。伸足客星犯帝座，天子故人從古無。青山高高江水長，風吹岩壑秋蘭香。我是當年强項令，尚耽升斗逐名繮。

金山

峨岷萬里瀉滄溟，突出高峰插杳冥。宫闕勢將浮海去，雲山不肯過江青。高盤雕鶚天風急，下蟄蛟龍水氣腥。極日中原好寥闊，蘅蕪平遠接烟汀。

焦山

風帆便下逐奔流，欲眺三山極壯游。兩岸未舒江水怒，一峰重咽海門秋。驚濤響入松篁静，清梵聲傳洞穴幽。塵世倘多高隱地，焦公何事此淹留。

暮登北固樓自焦山回舟

扁舟迴自焦先宅，落日猶登多景樓。南渡化龍真似夢，北來洗馬善言愁。江聲浩蕩趨京口，山勢蒼凉指石頭。從古英雄爭戰地，當年形勝至今留。

揚州答樂蓮裳見贈并步原韵

平山堂下正秋清，畫舸停橈載玉京。訪古不辭尋鳥迹，無心閑與狎鷗盟。一尊美酒談深夜，兩岸幽花媚晚晴。明日風帆江路永，烟波回首廣陵城。

呈曾賓谷都轉

江右風騷障百川，新聞鏤版彙先賢。聞將西江歷代名人詩藉彙刻成帙。何期屬吏風塵下，得謁詩人棨戟前。四座春風開幕府，二分明月入吟箋。歐蘇青史崢嶸甚，不獨平山嘯咏傳。

京口過同年靳明府剪燭夜話口占以贈

問信多難遇，相逢豈偶然。京華同旅夢，宦海各江天。貌改年重問，情多話不全。升沉應有命，莫爲世情牽。

我行不得意，而子更羈愁。纔覺相逢好，翻爲知己憂。天涯真逼仄，宦轍苦勾留。安得田千頃，同爲小隱謀。

風木號

秋深作客，颯颯西風，念松楸冷落，凄然泣下。爲《風木號》。

秋風颯颯天隕霜，我今作客向遐方。眷屬灌城家在豫，天涯中夜涕沾裳。雙親抔土荒山裏，松楸未種寒無倚。聞説親鄰闕顧疏，牧童樵豎輕殘毀。嗚呼！生無禄養死長離，兒生如此奚人爲？

小時隨父處寒館，歸來徒步荒山蹇。朔風落帽濫泥深，雪子如沙吹打臉。父顔凍赤鬚結冰，挈兒恐兒力不勝。而今舉步須騶從，吾父墳頭土未增。嗚呼！辛酸往事難詳説，説出肝腸須迸裂。

早年多病纏童稚，母亦垂危猶哺字。放兒床畔母將嘔，嘔罷看兒兒墜地。抱兒兒啼母亦啼，摧心中夜風凄凄。窗外雨聲山鬼泣，油乾燈黑聽鳴鷄。嗚呼！風木之痛何時休，訴向青天天亦愁。

七歲童蒙不從師，祖爲教授堂東陲。口助吟哦手批點，一字百遍兒頑痴。祖怒不忍將兒笞，自批雙頰撚其髭。兒書不熟不敢食，探袖啖我雙糕糜。嗚呼！兒成進士祖邱墓，烏飛不到松楸樹。

飢來驅我求升斗，單衣短布天涯走。弱冠逢難少定心，隻身行步多回首。黄狐跳躍黑狐窺，虎兕前行蛇蝮隨。微軀仗劍不敢擊，潛行草莽中猶飢。嗚呼！行路歌成難復難，孤兒舉目一長嘆。

風木號痛悲且辛，此身無着堪許人。躊躇肝膽向誰是，珊瑚擊碎心嶙峋。昆侖赤城當北斗，中有仙人天地久。瓊樓玉宇恐生寒，環海滄瀛誰與守。嗚呼！江湖悵望一悲歌，鄉關迢遞天嵯峨。

舟次淮南有感

儂家家住謝城春，羅山爲古謝邑，周宣王封申伯於謝，即此地也。今尚有謝城舊趾。淮水春流繞郭馴。今日東南一千里，相逢淮水是鄉親。

旅舍題壁

水落黄河柳滿堤，征途遠自大江西。嚴霜落葉山橋馬，殘月疏林野店鷄。十載鹽車悲路永，幾人金殿簇班齊。風塵重走長安道，猶記相如有舊題。

往日金臺走馬過，敢因鞅掌志銷磨。到頭青史知誰好，撲面黄塵過客多。滿地冰霜呈勁節，出山泉水自清波。獨憐升斗天南吏，暫逐鴛行聽玉珂。

旅店看菊

辜負東籬載酒歸，天涯人與雁同飛。何妨處士開青眼，暫把征人當白衣。茅店月明清影淡，野窗風過冷香微。秋深倦客憑誰説，日日鄉心對落暉。

旅店又題壁

旅雁征人日日忙，高天迥野自蒼蒼。津亭楊柳弄秋色，山驛楓林明夕陽。客裏茱萸虚令節，霜中砧杵是他鄉。百年身世深宵感，强飲村醪乞夢長。

又

鞅掌風塵近十年，封侯骨相料無緣。貧如原憲猶辭粟，志學樊須想力田。豈有鵷鶵争腐鼠，慢將螳蛸取鳴蟬。舊山松桂分明在，難得天涯償債錢。

旅舍苦寒

野店荒郵倍悄然，行行止止逼霜天。心如凍雀投檐急，身似春蠶做繭眠。十載羊裘深擁護，千金馬骨計安全。忍寒猶望團圞月，玉宇瓊樓在眼前。

東阿懷古

秋草荒山唤奈何，馬煩車殆到東阿。千秋詞客如相識，問我才分幾斗多。

呈鄭侍御改官員外

汲黯迂疏豈爲身，屢聞金殿屈平津。中樞原有和羹術，天意終憐折檻臣。撼樹風霜知勁節，無言桃李自成春。馮唐莫厭爲郎慣，青史從來不誤人。

三年驄馬出花遲，絳灌終遭賈誼嗤。諫草已焚肝膽在，從薪有論帝天知。建功立德今非晚，願勉三不朽。緯武經文會有期。時奉命以禮、兵二部補用。莫羡洛陽園圃好，温公獨樂尚需時。

贈徐南村自雲南刺史擢湖南太守

滇池洱海舊恩波，萬里燕臺聽玉珂。橘柚香中新節到，檳榔花下去思多。七星營壘連云棧，九面衡山擁髻螺。三楚昔經征戰地，好銷金甲長春禾。

光黄早識潁川名，新擁旌麾覲玉京。曾以操持推後輩，遂將政事問先生。人瞻五馬知慈惠，帝爲三苗重老成。他日湘南歌愷澤，洞庭秋水極天清。

贈程鶴嶠同年主試西川

金殿臚傳曙色新，君己未二甲第一名。花間走馬動輕塵。不惟同譜看騏驥，要使中州有鳳麟。珥筆孟堅勞午夜，傳經劉向正青春。君年未强仕，子以明經領鄉薦。最難身在蓬萊住，每記天涯有故人。

天上文星莅錦城，賓人負弩步趨迎。文翁薦牘人才盛，司馬乘車景物榮。日麗旌旗登劍閣，月明鼓吹唱花卿。即看復命承明殿，卷裏三蘇最著名。

仿吳梅村題士女圖

一舸

烏喙難忘不賞功，飄然一舸赴齊東。千秋絶好歸休計，携得佳人作富翁。

虞兮

地下韓彭草不春，猶歌猛士故傷神。項王不作欺心語，一個烏騅一美人。

屢見妻孥委逝波，藁砧頭上五雲多。虞兮不向重瞳死，黄鵠尊前又楚歌。

出塞

笳蘆烽火净胡天，不數横行衆五千。心似李陵臺上月，凄涼終爲漢宮圓。

當壚

斷柱離弦思不勝，孀樓盡日冷如冰。一從嘗得新官味，不許相如聘茂陵。

高柳青帘四壁秋，携來破鏡足温柔。不辭病渴相如死，那放才郎到白頭。

奔拂

晝衣素面不勝嬌，更鼓嚴城夜擊刁。此際虬髯相見好，送他一妹賦《桃夭》。

盗綃

玉女宵乘午夜風，汾陽應嘆失英雄。願將十院紅顔好，换得昆侖在帳中。

取盒

刁斗霜寒夜不哗，西風一葉妾歸家。手持金盒捫星斗，路過銅臺望月華。

夢鞋

一瓣新新金縷鞋，當年曾與上蘭階。須知滄海黄衫客，不爲紅顔紫玉釵。

驪宫

解下黄絁倚御屏，禄兒腸斷壽王醒。他生重與三郎誓，多恐牽牛不忍聽。

入覲

路入東華候曉遲，獨慚銀燭早朝詩。分曹仙仗憐同輩，射策彤廷憶往時。帝座威儀曾夢到，天顔親切許人知。微臣不憚風霜慣，難得須臾傍玉墀。

閶闔岧嶢曙色新，九重端拱運鴻鈞。絲綸襄贊資元相，黼黻矜嚴侍近臣。此際微聞天有語，當年親見月重輪。江湖莫道長安遠，三度銜恩覲紫宸。

諸同年公餞即席以贈

長安重聚舊仙班，盡插金貂響珮環。已到日邊超物表，翻從天上羨人間。群公驄馬堪華國，遠宦鱸魚憶故山。莫笑江湖升斗吏，也隨鵷鷺識龍顔。是日御史同引見其同年與者七人。

出都

西出都門日未斜，盧溝回首望京華。九龍池遠排丹嶂，雙鳳樓高映紫霞。下吏曾能瞻日角，粗才從此又天涯。乾坤都有春光到，只隔東風上苑花。

早行

唤醒家園夢，猶聞笑語親。馬頭風刺面，樹抄〔一〕月隨人。僮僕憐無褐，妻孥想告緡。天涯人更苦，孫叔豈言貧。

【校記】

〔一〕抄，似應作『杪』。

曲阜謁聖廟

夫子真何似，宫墻萬仞封。斑斕觀漢碣，蒼翠認唐松。飲水來滄海，看山到岱宗。他時讀《論語》，想像聖人容。昔唐玄宗不能於正面着筆，後人何敢爲詩？惟自記展謁之私，方不落蚍蜉大樹之誚。

此行

此行真不負，萬水復千山。北斗朝天闕，東邦識聖顔。功名青史貴，世事白雲間。自惜抛書久，征途及早還。

淮徐道中

倦馬嘶鳴古戰場，淮徐木落楚天長。荒村暮雨烏啼夜，古戍寒雲雁叫霜。沛國颷風吹大澤，江城歸路指他鄉。人生逆旅都爲客，學得逍遥好讀《莊》。

再過東阿懷古

按，《魏志・陳思王植傳》：『初，植登魚山，臨東阿，喟然有終焉之志，遂營爲墓。』《一統志》：『曹植墓在泰安府東阿縣西八里魚山西麓。』《史記·項羽紀》：『漢王曰：「吾與羽俱北面受命懷王，約爲兄弟，以魯公禮葬項王穀城。」爲發哀，泣之而去。』按，穀城即東阿地，今東阿城南舊縣東里許，有項王墓。又圯上老人謂張良曰：『後十二年，見穀城山下有黃石，即我也。』

魚山西麓穀城東，憑吊陳思復魯公。詞客英雄終寂寞，青山古道夕陽中。

師出咸陽貴有名，三軍縞素壯先聲。若翁幸免杯羹熟，又向重瞳哭魯兄。

垓下蛾眉唤奈何，芝田惆悵爲情多。不知洛水凌波步，争似虞兮泣楚歌。

博浪曾聞擊祖龍，高人圯上漫相逢。穀城若有真黃石，他日何須訪赤松。

不須叱咤震雲天，何事才華賦洛川。願爲老翁常着履，勛隆一代作神仙。

早發逢霧

征車曉發及晨星，漸覺霏微撲面腥。遍地非烟山漠漠，遠天如夢晝冥冥。何來道士能吹息，信有潛蛟善幻形。魑魅無爲窺伺慣，羲輪已上萬山青。

淮徐道中有感

木落雁聲疏，征途五月餘。霜天懷楚漢，雲勢壓淮徐。遠道愁金盡，歸心逼歲除。江干留八口，久乏盎中儲。

策馬貪行邁，陰霾起四邊。雨昏雲到地，村遠樹連天。鼠雀寒無粒，流亡屢乞錢。天涯何太苦，不獨客迍邅。

天意憐行役，遲回晚放晴。烟橫深樹遠，山透夕陽明。問路仍千里，思家已二更。懸知除夕到，積負費經營。

忽憶春來早，開顔倚醉歌。嶺梅經雪慣，路柳蔭人多。雨沐山如笑，風恬水不波。養花心自具，隨地足陽和。

行近江城詩以志喜

離家經半載，書卷已塵埃。久客頻看柳，歸時定落梅。金錢占信近，銀燭喜花開。度歲尋常事，團圞且一杯。

桐城道中早行

朝烟叢竹繞溪汀，知有人家住翠屏。行過小橋沙石路，松林隔斷數峰青。

山中晚行

遥峰纔落日，次第晚烟生。月出衆山静，沙平渡火明。人家叢竹裏，籬落小橋横。處處幽栖好，勞勞悔遠征。

潛山道中早行至山頂，見雲霧如海，詩以志之

暮投山中宿，曉行陟山麓。微芒認樵徑，雲霧蔽岩谷。絶頂試一望，冥濛慑心目。上下皆天光，渺然無地軸。未曾泛滄海，何乃失原陸。或者説無極，誤入先天腹。不然登佛界，了了到西竺。萬有俱寂滅，清净見淵穆。想已涉非非，步仍行碌碌。羲陽漸臨馭，烟消辨竹木。定心釋衆惑，隱隱松風謖。我聞衡山巔，雲海失群族。黄山亦如此，游人競馳逐。不圖構奇遇，空明證昔夙。願得親烟霞，仙踪繼梅福。

詩歌　謙豫齋詩鈔　卷三

金焦二山歌

江南千萬山，不敢過江去。金焦得半渡，屹然江心駐。江聲下搏擊，海氣上吞吐。遂令洪濛啓，萬古爲撐拄。我乘長風來，蒼蒼破烟霧。足欲踏黿游，身擬騎鯨赴。華嚴彈指現，樓閣諸天布。精藍千佛尊，縹緲百靈遇。帆檣隱講樹，波濤震法鼓。平生壯游志，觸目駭所遇。平野指淮揚，落日照荆楚。天清鸖鶴高，石吼蛟龍怒。海上有蓬萊，無乃即其處。絶頂叩天門，仙人其我許。

老女

不羡簫聲引鳳鳴，占爻猶勝十年貞。此身拚與冬青樹，無果無花過一生。

依舊心光對鏡奩，年華瞥眼鬢霜添。人間背痒知多少，莫遺麻姑露指尖。

女兒香傍佛燈燒，洗盡鉛華萬念消。試看蒼松蟠澗底，蔦蘿安許附長條。

看人兒女締良緣，寶馬香車又一年。白首忽驚春尚在，一生虛擲艷陽天。

舊時姊妹杏花村，幾處歡腸幾斷魂。記得深閨憐弱女，白頭留我奉晨昏。

裙帶魚

肴列辛盤酒酌椒，海鄉風味語含嬌。曹娥江上銀絲繫，西子湖邊雪練飄。入饌每誇豪士口，相形宜護美人腰。明年金帶花應兆，共佩緋魚事早朝。

酒飲屠蘇瑞獻椒，錦鱗入饌味偏饒。憶曾王尺量江練，■入珠盤似海綃。紅袖樓頭羞大嚼，絳帷座上喜輕描。厨人知客吟成癖，只潤詩腸不助嬌。

春初即事四首

雪霽梅花欲化烟，酒旗歌板自年年。自慚我亦江南守，辜負蘇臺二月天。

春水雙橈破碧痕，萋萋芳草款王孫。廣平鐵石心腸在，曾爲梅花一斷魂。

歷遍雷塘又虎邱，騷人名勝總淹留。淮南舊是神仙宅，底事無情憶楚州。

爲政風流載酒行，山光花影可憐生。乾坤妝點春風面，總爲詩人寫性情。

冶春詞

簫鼓東郊暖未回，遠峰晴雪夕陽開。迎來春色無人見，歸到屏山看小梅。

幾日晴和雪意融，尋春約伴向城東。春江未漲桃花水，衣衩微飄少女風。

紫茁紅芽欲破泥，銜枝啞啞乳鴉啼。江干稚柳絲絲緑，覆額輕鬟一剪齊。

綺陌時逢靧面人，茸茸碧草步生塵。輕寒不畏東風拂，笑向汀洲采白蘋。

醉向江皋門彩箋，岸花汀草思芊芊。風詩只許風人唱，名士從來值幾錢。

春草

江南江北雪初消，杜牧尋春入望遥。惜與落花沾屐齒，好同垂柳帶裙腰。每當送别青盈路，又逐征鞍緑過橋。夢裏天涯空翠遠，王孫歸計日迢迢。

新年又值踏青時，詞客無端夢繞池。細雨連番人意懶，晴暉未報客心知。魂歸關塞明妃恨，目極天涯宋玉悲。我爲行吟愁易長，芒鞋約■■■遲。

東風幾日燒痕蘇，望裏川原入畫圖。漢苑雪消横遠翠，吴宫花落長平蕪。三春詞客悲鸚鵡，萬里征人怨鷓鴣。記得長亭分手處，玉驄嘶徹向天隅。

南浦風帆去不停，芊芊陌上我曾經。花時舊雨還新雨，别路長亭更短亭。地訪陳隋彌野緑，天連吴楚過江青。雕弓寶馬人歸後，寂寞斜陽戀晚汀。

春江花月夜

春江水暖夜無風，月上三山雲海東。散綺晴雯明極浦，輕羅細浪隱長空。汀洲草緑春波軟，月底飛花流片片。滿園桃李悄無言，隔岸樓臺疑水面。江天一色月空明，暖到魚龍夜不驚。宓妃江女凌波見，岸草汀花得意生。人間天上春無量，紫府仙人互來往。五銖衣薄不知寒，十二樓高原易上。嫦娥此際應無睡，笑看花林隔江水。碧海青天共域中，瓊樓玉宇無塵滓。春宵樂事足江頭，早有春風代散愁。笙歌載酒珍珠棹，羅綺懸鐙翡翠樓。舟中樓上相望久，二八蛾眉人在否？錦帶青衫白面郎，寶鬟纖手紅顔婦。春風帶酒步花陰，月影花枝深復深。萬叠春波憐綺態，一輪明月証同心。青雲意氣簪花客，曲江宴罷風流極。月下詩篇播管弦，花間笑語聞宫掖。

送友

送别魂銷總黯然，行行况值送春天。鍾吾去住同關尹，馬帳淵源有鄭元。上國鶯花縈客夢，江南風絮慘離筵。相如果遂題橋志，詩句旗亭已遍傳。

初夏游城西即景口占

西城城畔即郊圻，風物清酣見亦稀。簡出不知春事過，偶來已訝緑陰肥。隴頭叱叱牛雙下，水際濛濛鷺獨飛。咫尺螺墩相望處，竹光掩映翠成圍。

野水盈盈静不波，放晴天氣入清和。草花滿地黄如藾，山色連雲碧似螺。隔浦幾聲羌笛細，繞城十里暖風和。何時試着芒鞋好，行過前灘踏嫩莎。

穀穀黄鸝不住啼，籃輿行近石欄西。人從遠處看來小，山向雲邊望去低。幽賞每思窮水石，名心久欲易鋤犁。桃源總在人間世，枉笑漁郎空自迷。

已拚盡日作閑行，芳草離離一路平。高曠絶塵邀我到，川原如畫向人迎。夕陽村舍鷄争唱，積水池塘蛙亂鳴。尚欲深林訪高士，江天回首暮烟生。

金陵雜咏

金陵太守美髯翁，江左風流繼謝公。二十年前花縣句，于今都護碧紗籠。

清溪溪水碧迢迢，繞郭青山認六朝。爲我題詩偏嗜古，秦淮邀看可憐宵。

百墜珠球蕩夜船，玉笙風過翠雲偏。春燈燕子朝綱誤，百姓於今夜不眠。

十里秦淮水碧天，澹烟疏柳思綿綿。六朝金粉飄零盡，猶有春風慰眼前。

欲吊隨園蔓草餘，西風野水尚芙蕖。誰知宋玉誅茅宅，也似南朝江令君。

元武潮中夕照多，敗荷黄葦接陂陀。當年黄册今何處，此地曾通太液波。

鷄籠山畔古臺城，白首蕭郎困賊營。最是無情千種佛，不將花雨作援兵。

狎客名姝逝水空，梅花半面笑東風。清溪瀝盡張妃血，難向胭脂井畔紅。
野寺寒梅春復春，青藤碧薜任輪囷。臨春結綺宫花盡，猶有華顛煉液人。

贈盱江王廣文

道足世情遠，德厚精氣具。巍巍漢諸儒，皓首窮章句。吾愛王夫子，勤學到遲暮。升斗弁微官，心性履貞素。往往搜遺經，苦心爲傳注。要使後來人，不失先正步。君非秦伏生，或即漢轅固。謂我尚貞樸，講席許攀附。坐久穆清風，古人相對晤。麻姑山下水，涓涓來講舍。意欲媚幽人，瀠洄不肯瀉。我適奉簡書，精廬許權借。繞砌觀活流，修竹拂曲榭。時覺清風生，泠泠不知夏。先生坦然來，笑語亦清暇。往往坐忘言，真意各觀化。

哭某撫軍

東南天柱折蕭晨，涕泪同聲遍士民。自有勛名歸太史，獨從肝膽惜斯人。海隅已報孫恩促，江左重依謝傅仁。再撫甘棠身已死，悲風大樹共傷神。

又絶句

再鎮河陽幕府開，求賢好善本天懷。催科每貸陽城拙，發策偏憐賈誼才。

曉登多景樓

寄奴城闕鬱崔巍，多景高樓水面開。江上青峰離地立，海東紅日擁潮來。

美人口同人分咏

不點胭脂引鴆媒，小朱生就禍根荄。桃英破萼清歌發，蘭蕊生香細語來。紈扇半遮摧衆謔，羅衫輕浥代殘杯。猩唇可是時鮮物，笑摘櫻桃上口纔。

秋夜途次

繁星落江水，斜漢入秋林。極浦宵無雁，高城夜有砧。危墻森欲動，漁火遠將沉。羈旅天涯慣，能無肥遁心。

登北固山多景樓

江至潤州一結束，山忽峥嶸水洄渌。我思盡取景物多，碎剪春江供畫局。北固山頭多景樓，昔賢選勝窮冥搜。當時已無樓在眼，只今仍見空江流。京江歲晚怒濤息，我輩重來問遺迹。燕游敢比蘇仙詩，訪古時尋米顛宅。金焦勢如鉅鹿戰，奮呼中流當百萬。北固山如壁上觀，股栗咻咻色流汗。此地由來古戰場，前在吴魏後蘄王。時清不用設險守，暇日把酒臨蒼茫。大地積氣不宜瀉，三山排奡海潮迓。孤雲落日望長安，淮海蒼烟生足下。我聞海上三山推蓬萊，乘舟欲到風引回。此樓一眺無乃是，蕊珠宫闕彌羅臺。山僧静者意有待，思復高樓眺東海。樓興樓廢無盡時，注目長江了然在。不須逝日吊滄波，且置高樓覽景多。後人憑吊今猶昔，渺渺長江可奈何！

贈某廣文

記得淮南春暮天，逢君爲我説張顛。一官落拓渾如水，三絶飄零老鄭虔。

廿年江上老相知，點筆披圖有所思。莫道蒼松霜雪飽，春風披拂有孫枝。

將赴淮海道任留別鎮江紳士

梅華驛路送征驂，詩思離情兩不堪。宦迹幾曾經海畔，花時何忍别江南。生徒染翰邀人住，父老持觴勸客酣。一種銷魂南浦意，江淹作賦未曾諳。

虎符催赴海東隅，疏瀹寧須一腐儒。治水無才師伯禹，揚塵何處問麻姑。招徠掾吏應鴻雁，卜築衙齋指荻蘆。回首江南春正好，緑楊紅杏雨如酥。

新開學舍枕江干，白袷青衿玉珮珊。問字我慚一日長，研經君耐九秋寒。南徐文物推人藪，北固江聲走筆瀾。一語臨歧須記取，科名容易立身難。

群山壁立水安流，風俗敦龐愛潤州。比户詩書研午夜，萬家機杼織清秋。烟花不染維揚習，金粉終爲末下羞。此去清河三百里，歲民無恙有傳郵。

辛未戲占

曾聞瓠子河，來自蒲昌海。若欲問葫蘆，今無土龍在。

辛未春日疏浚海口羈滯月餘，詩以志感

蜃氣荒荒百感侵，蓬瀛東望信沉沉。陽春不到黃沙地，明月難消碧海心。水激魚龍無定處，風兼魑魅作哀吟。虛餘賈讓書生策，好遇成連一鼓琴。

打硪歌

楊柳青青芝蓋紅，傳聞河道估春工。硪夫只把硪歌唱，響入烟波欸乃中。

淤土作堤易保錐，河堤怕雨怕風吹。焉得人心似淤土，千番風浪不能摧。

河不雙行自古聞，年來人事太紛紜。從此人言共河水，同心到海莫中分。

十道絲繩片石堅，迴環套打似連錢。功名底定何時定，人起金堤又一年。

家住河灘灣復灣，春來楊柳緑於鬟。門前一片桃花水，來往漁郎只等閑。

爲林午橋題黎嶺現身圖小照 時海濱督工浚河

嚴天東海濱，與子共晨夕。未知何世因，駐此荒榛迹。身爲萬夫長，肩背塵埃積。歸來酒洗面，相與話疇昔。君言官黔陽，利器試繁劇。揮毫了公牘，精心撫蒼赤。有時奉簡書，傳舍憩山驛。問地稱黎嶺，古刹壯金碧。中有釋迦像，相對摇精魄。考其示寂年，印證勞形客。以兹增感慨，向往維摩籍。此理頗難知，來去誰能逆。人生天地間，飈若白駒隙。持此現在身，先難而後獲。譬彼松柏林，春初護其蘖。譬彼桃李實，秋來竇其核。但同仙佛歸，未覺人天隔。

爲金韵山母夫人題聽秋圖

秋聲聽不得，况乃斷鴻心。苦竹低連屋，枯桑響入琴。字兼寒荻畫，詩伴候蟲吟。已有歐陽子，聞飈百感侵。

贈某大令

龍蛇澤畔大風臺，竹馬歡迎縣尹來。人笑陽城書下考，我知龐統是奇才。詩歌愷切消兵氣，閭里和親絶鳩媒。身現宰官心是佛，愛民真處妙蓮開。

荒荒海色送征鞍，濈濈州人忍泪看。兩漢循良從古有，數旬仁政洽民難。風吹棠蔭青猶在，雨潤平疇澤未乾。一種銷魂離别苦，江淹欲賦已才殫。

人日

河柳鬖殘雪，江梅動早春。書雲天有道，獻歲日逢人。治水先占範，祈年欲繪豳。熙朝股肱地，闖外倚洪鈞。

題謝海山二尹養正圖

家住東山代有名，鳳鸞枳棘不勝情。偶然投筆論心事，猿臂丁年右北平。

茸茸春草雉媒天，較射西堂柳似烟。予亦嘗偕海山及僚佐數輩較射於節署西堂。我輩豈矜身手健，相將努力致身年。

賦得山中一夜雨得船字

有客山中住，深宵醉不眠。半空雲漠漠，一夜雨綿綿。複嶺驚濤壯，層林急溜懸。殷雷連地動，飛電劃窗圓。頻撼松杉古，潛滋薜荔鮮。快心三日後，傾耳五更前。澤定沾高隴，波應助大川。更欣帆楫利，銜尾送軍船。

題劉詩瘦先生蓮霽鶴閑圖

園中鶴夢到，青冥憶寥廓。遼海雲衣戲，水飛蓬山雪。羽兼花落浦中蓮，花光灼灼葉田田。修成净土香初定，濯去污泥影更鮮。先生久客袁江上，園鶴池蓮屹相向。鶴唳書聲弟子員，荷香燕寢扶風帳。家住秣陵春，樓臺壓水濱。瑶琴別鶴怨，玉樹步蓮人。瑶琴玉樹紛無數，莫愁湖上輕摇櫓。鷺渚鳧汀信步游，蘅皋蘭澤相思苦。思苦爲吟箋，神游飯顆前。人原瘦於鶴，詩更艷如蓮。今當六十懸弧候，主人開觴爲君壽。倒海詞源河漢翻，驚天雄辯風霆驟。須臾雨霽更擎杯，小酌園亭傍水開。苜蓿盤中迎返照，芙蓉塘外有輕雷。是時雙鶴閑庭佇，繞檻紅蕖嬌欲語。蓉裳仙子羽衣人，都共先生相爾汝。先生頽然醉，謂是吾儕輩。更倩好丹青，寫我狂奴態。主人洗酌更近前，先生滿飲壽無邊。好與紅蓮修慧業，還同白鶴共長年。

又贈劉詩瘦先生

老樹槎丫不記春，蕭然兀坐寄閑身。金陵自古消魂地，劉向從來苦學人。詩比長江應更瘦，貌如工部不嫌貧。童蒙都被青藜照，不獨傳經啓後塵。

俗傳六月二十四日爲荷花生辰，謹約賓僚，聊伸華祝

其辭曰：

碧筒持酒慶長生，爲祝荷花共舉觥。雪藕牽來長命縷，衆香圍住化人城。瑶池種後仙緣在，净土修成佛界清。青女有情霜信晚，蓮房留伴許飛瓊。

霓裳三疊水之涯，月曉風清度歲華。幕府若爲湯餅會，女冠偏稱水雲家。如來座下三生果，太華峰頭十丈花。方朔從來解消息，年年太乙有仙槎。

盆魚敬步菊溪夫子元韵

天泉十斛貯清虚，人比觀濠樂有餘。傳説甘霖今已遍，豐年還卜衆維魚。

雨中放舟至下邳沙家口催運軍船兼視沂水來源同菊溪夫子竹泉巡使作

得勞字

細雨濕征袍，連檣轉粟勞。何人争上水，容我泛輕舠。疊閘收新漲，尋源瀉遠濤。同心籌策久，柳外駐旌旄。

淮泗雙流匯，龜蒙萬仞高。地經東魯咏，兵憶下邳鏖。諏度煩星使，宣防愧水曹。共欣甘澤遍，仰慰聖心勞。

邳州圯橋行

蒼璧出水鮑魚臭，驪山囚徒紛蟻鬥。老人志欲靖乾坤，夜半心書橋畔授。斬蛇真人起淮泗，逐鹿中原借神智。運籌帷幄帝王師，驅排河岳先生賜。穀城山下草烟空，非鬼非神想像中。炎精自基赤帝子，火德還開黃石公。君不見道人橋畔河如駛，宣防苦讀河防志。不慕圯橋黃石公，但乞元夷倉水使。

後圯橋行

火雲照山山欲燒，大河轉粟鳴千橈。下邳山川自終古，路人指點黃公橋。韓亡子房貌柔弱，破産復仇藏智略。一朝博浪奮神椎，十日天下空大索。山中老人振衣起，夜半遺編授孺子。叱咤誰揮壯士戈，殷勤獨進先生履。從今佐命起江東，楚騅已蹶秦鹿空。逍遥晚歲赤松子，恍惚當年黃石公。至今風雨彭城道，剔蘚尋碑問故老。人附夔龍學駿奔，書從周孔恣搜討。道人橋邊長緑莎，我來奔走事防河。願將委宛書中意，永慴蛟龍水不波。

秋日偶感

節近重陽秋氣清，金堤千里盼平成。無端瓠子遭横漲，那更潢池又弄兵。賦竭水衡難發帑，漕艱天庾尚稽程。不才叨竊空憂鬱，莫慰宸衷宵旰情。

又五律二首

節度軍書急，王師據建瓴。中原紛米賊，前歲見妖星。河北鷹空擊，淮南鶴屢聽。釜魚空跳蕩，計日掃雷霆。

西北頻憂歲，東南已困河。金堤新起壘，德水幸無波。詎料潢池警，還聞瓠子歌。腐儒空有論，無計走黿鼉。

詩歌　謙豫齋詩鈔　卷四

時屆安瀾又聞滑縣大捷喜賦呈菊溪師

連營烽火照丹楓，一片嗚笳響暮空。卧壁清宵刁斗静，班聲欲動馬嘶風。

子房山畔憶傳薪，陌上尋春步後塵。今春隨師督催軍舡，駐節下邳，蒙授詩法。細柳營中籌筆夜，扶風帳下授書人。

聞鷄起舞見忠肝，矍鑠精神老據鞍。瓠子潢池同底定，萬方送喜簇長安。

題某將軍良馬圖

將軍奇偉腰龍泉，五花驄馬黄金鞭。横刀據鞍經百戰，虎頭燕頷兼鳶肩。昔隶羽林備宿衛，長楸走馬明貂蟬。是時好馬如好士，駿骨不惜千金躅。每逢征討氣如龍，驅策將士皆羆熊。西蜀南楚又東粤，梟渠斬帥如探籠。將軍馬鳴萬馬懾，與人一心成大功。用杜句。清渭并州可洗刷，倐然鬃鬣生長風。尉佗城邊秋作花，水邊牽來白鼻騧。將軍小憩大樹下，迴念歷險心咨嗟。國家洗兵吾洗馬，拊髀顧盼思烟霞。華陽歸馬升平世，吾亦自放天之涯。平生功名羨驥尾，凌烟顏色動天子。此圖畫馬兼畫人，曹霸丹青徒爾爾。伏櫪難忘細柳邊，解衣尚憶長楊裏。伏波昨歲又營屯，矍鑠憑鞍爲知己。

菜花和熊夢華原韵

廿番風信數頻頻，載酒看花迹已陳。蠟屐緩尋芳圃徑，短筇偏愛野人春。密香細碎摇金粟，小雨輕勻灑麯塵。他日濟陰甘抱瓮，黄雲十畝寄閑身。

鄰翁對飲隔墻呼，小摘筠筐倒玉壺。閑却桔槔知雨足，攲來籬落倩人扶。鬭妝不入金閨夢，課種堪摹處士圖。恬澹生涯閑適味，不須穠麗賦三都。

輕黄漠漠夕陽斜，六代頹垣路易差。一片野芳飛燕井，半城寒雨故侯家。僧寮自蓄瓢兒種，別館誰尋玉樹花。見説江鄉風味好，登盤櫻笋間蘆芽。

龕鹽性定未全非，屋畔携鋤弄夕暉。碧玉歌殘金縷曲，黄絁界破水田衣。太常宦冷清齋慣，庾信園荒過客稀。梅子未黄桃李謝，春游只此是芳菲。

題某巡漕御史江上運糧圖

轉粟東南倚近臣，五花驄馬蹴香塵。雲開鐵瓮帆檣立，山對瓜洲草樹春。刻燭詩篇名士會，磨崖姓字綉衣人。飛芻功業歸持節，佇見承恩覲紫宸。

又送入都

擢秀滇池萬里天，新乘驄馬海雲邊。共看芻粟資劉晏，早識文章媲史遷。六代江山瞻使節，二分烟月入吟箋。承恩正對南薰殿，會聽和聲協舜弦。

又五言排律一首

秀拔南天外，星分北斗間。諫垣新綉豸，詞館舊仙班。帝念飛芻切，人知轉餉艱。一麾臨海國，萬櫓動江關。好雨盈溝澮，歡聲遍市闤。舟行看浩蕩，帆遠聽潺湲。令徹魚龍静，波平宇宙間。叨陪節鉞騎，載送使車還。酒罷花同笑，詩成草屢删。推篷風細細，捲幔水灣灣。共步淮陰月，聯吟磬石山。拂箋雲綴影，搦管竹生斑。峻壘原難敵，長城不易攀。離樽傾釀碧，折柳襯旗殷。奏績恩榮盛，酬庸禮數頒。鶯遷頻送喜，翹首覲天顏。

盛夏閱工晚宿古寺

風飄清梵滌襟煩，僧舍凉生老樹根。適性難逢初佛地，避囂時羨野人村。千艘轉漕資籌策，九曲洪流問本源。好借如來真實力，盡降蛟鰐靖波痕。

雨後風飄細葛輕，稻花遠近露珠明。蝦鬚碧月凉無汗，馬首黄河夜有聲。古佛不宜靈運慧，高僧寧識牧之名。空門半日閑難得，歸卧郵亭夢亦清。

某學使見贈詩以答之

文星朗耀同卿月，音作和鸞筆駿鶻。昔年試士豫章來，瑣闈秋雨生蒼苔。是時曾聽歌白雪，步影摹聲隨範轍。一朝禮樂侍青宫，夔龍吐焰生長虹。江淮舊俗人帶劍，感公德化懷鉛槧。多士弦歌樂孔顏，扶風帳下相往還。針砭左盲發墨守，中説續經傳萬口。我已抛書廢嘯歌，抱薪捧土事防河。感君重贈陽阿曲，欲效蟲吟愧程督。蘭言字字吐清芬，盥讀新詩載頌君。補衮山龍十二幅，須仗濟川舟萬斛。竹帛書勛石室藏，崢嶸青史生光芒。

送某主考還朝

銜杯一笑棹歌中，送盡帆檣送玉驄。就日光華垂薊北，采風詩思遍江東。秋生桂子天香滿，春入桃花舊夢同。記取蒼生前席問，好將清晏慰宸衷。

贈淮關某榷史

叨附金蘭共幾晨，得閑來往迭爲賓。鳳毛躋美傳家學，虎節分符報國恩。公先大人曾督理淮安關榷。作宦時忝黃面佛，論交喜遇素心人。久聞淮浦心香祝，先澤還知沛在民。公先大人祠祀尚在，至今遺愛猶存。

題某某授經圖

世儒盡譚經，經義誰能識。天地有至文，經術互分織。人身有至理，經塗須會極。經術本德教，經常奉天敕。中和明體用，是萬還爲一。先聖垂訓言，一揆印心得。先儒重師法，淵源尚不失。一從訓詁行，人各憑胸臆。達者矜妙覺，彈指滋迷惑。拘儒研象數，楮葉窮雕刻。餘則應科舉，皓首求繩墨。豈知六經藴，精微寓平直。熙朝神聖繼，經義炳星日。群儒接武起，洞若重門闢。所以山海士，皆得修綆汲。請看授經圖，蒸蒸緣帝力。

題松湘圃師喜照即送還京

皇華雨雪試燈風，斗大山城駐上公。江左本來皆赤子，澤中况復聽哀鴻。陽春有脚留應住，甘雨隨車感即通。綫綉平原金鑄蠡，待公燮理祝年豐。

香烟夾道送歸鞍，父老扶鳩忍泪看。天上圖麟聞已久，人間儀鳳見應難。繪成傳説真零雨，像得如來即宰官。章甫袞衣公去也，爲留片月五雲端。

題吴松圃協揆涵恩歸釣圖

相國文章巨斧摩，屢聞赤手挽銀河。三朝遭遇涵恩重，兩世宣防奏績多。旅夢定知依豹尾，名心今已付漁蓑。湖鄉自具黄花圃，杖履平泉足歗歌。

屏藩初建太河濱，淮蔡甿生是部民。蘭譜科名推父輩。公與先君丁酉鄉科同年，棘闈薦舉况門人。余舉甲寅鄉榜，公以藩司入闈爲監臨。心殷向月驚虚影，迹忝觀河步後塵。他日西湘隨釣處，忘機魚鳥亦相親。

爲鄒小西題蓉湖展眺圖

予癸酉歲偕小西至運河盤冰，於時宿霧初霽，河灘楊柳盡挂冰絲，相與聯句至數十韵。又與小西春日行河，有『春暖桃花馬汗香』之句，至今未能屬對。計予兩人共事河防數年，心力交瘁。予年來鬚髮始有白者，而小西今已皓然，因戲語云：『君鬚頗似蘆間雪，我鬢渾如草上霜。』故篇中雪絲數語及之。

薰風吹動絲絲柳，蓮陂十頃花如斗。中有長髯鶴髮翁，相看一笑真吾友。吾友常州鄒小西，昂然氣壓龍山低。早歲讀書并擊劍，爾來猶欲吞虹霓。白日一丸朗心鏡，黄河九曲通靈犀。蒿目頻傷水爲國，籌筆誓鑄金爲堤。家傍蓉湖風景麗，芙蓉花發鄉心繫。蓮花幕中甘佐人，芙蓉鏡下羞及第。自我訂交今五年，如魚得水琴和弦。龍蛇情性曾同揣，鬼蜮譸張不敢前。雪絲楊柳河冰日，春水桃花馬汗天。我已清霜驚點鬢，君今白雪竟盈顛。人生事事憑天佑，安瀾歲告君恩厚。章服慚稱賈讓能，金鑾未表兒寬奏。君不見介之推不言恬退心優哉，又不見陳省齋無端坎壈湮奇才。丈夫遇合貴行志，功德潛布春盈懷。君今此圖生面開，爲愛蓮净無塵埃。莫憶蓉湖歸去來，與君種福修蓮臺。

春柳用漁洋秋柳原韵

陽關一曲漫消魂，次第春光到玉門。小立東風呈舞態，相思南國見顰痕。三千翠袖横羌笛，十二朱樓傍水村。畫壁旗亭游冶處，無邊詩意與誰論。

不須前度怨秋霜，又見濃陰罩野塘。弱態初携垂手袂，飛花未點曝衣箱。已儕殿脚沿隋渚，羞舞宫腰對楚王。若問秦淮金粉地，朱門草長大功坊。

皇都紫陌試輕衣，走馬章臺事總非。露拂春旗仙仗遠，烟垂青瑣漏聲稀。新豐酒市鶯雛囀，戚里歌筵燕子飛。聽唱何戡腸斷句，春明回首素心違。

六朝佳麗最堪憐，江北江南碧似烟。官道雨餘絲縷縷，女墻日落影綿綿。十圍舊院悲今日，九烈春袍記昔年。剩有新栽河畔樹，清陰長蔭大堤邊。

題王九峰蘭竹圖

竹有君子節，蘭爲王者香。誰與酷嗜此？乃有瑯琊王。王君聲華遍吴越，無緣代結王生襪。今年瘧鬼苦依人，便頌花卿詩亦發。尺書招得王君來，一豎夜謀膏肓開。靈藥點心蘭喜露，春風入髓竹穿苔。王君不索五株杏，畫裏維摩好風景。篔簹繞屋晝陰凉，蘭蕙盈庭春日永。烏衣子弟鳳皇雛，朗朗書聲出草廬。竹已生孫安屢報，蘭還結子夢先符。我酌王君一杯酒，爲相爲醫前事有。慚予未具濟川才，如君信成醫國手。共此春風長養心，栽花種竹欲根深。生機萬劫真元在，蘭有清香竹有陰。

春柳再疊前韵

裊裊渾迷倩女魂，枇杷幾樹共藏門。照來極浦桃花水，蹙損春山石黛痕。人立東風青雀舫，家居細雨碧羅村。衣衫糝緑風流甚，張緒當年好共論。

梨花庭院月如霜，雁齒紅橋十里塘。飛絮宜歌青玉案，舞衣初試翠雲箱。李群玉詩：『翠雲箱裹疊攏總，楚葛湘紗凈似空。』似聞碧玉良家子，遠適烏孫异國王。若問憐兒風景地，舊游還憶太平坊。《南宋市肆記》：『歌館有清和、融和、太平諸坊，皆群花所聚之地，如賽觀音、孟家蟬、吴憐兒等，皆以色藝冠一時。』

青溪南畔問烏衣，一帶濛濛是也非。仙掌愁多新曲少，章臺人倦冶游稀。樓頭少婦看條長，馬首征夫怨絮飛。二月江南歌水調，旗亭賭酒願終違。

流鶯分樹亦相憐，一碧無情眺似烟。垂手欄邊增悵惘，細腰宫裏致纏綿。莫愁坊曲初晴日，蘇小錢塘待嫁年。記得武昌千萬樹，儘供吟賞夕陽邊。

題趙小槐大令蘭陔圖

循彼南陔，言采其蘭；今履河濱，遠隔承歡。望雲隕涕，陟岵長嘆；何當奉養，親捧匜盤？

一解。

循彼南陔，厥草油油；捧檄之子，爲養而游。依依親舍，渺渺河流；何當奉養，夕膳晨羞？

二解。

瞻烏爰止，返哺者雛；有烏桓山，終夜悲呼。及時不養，歲月其徂；蓼莪掩什，陔蘭補圖。三解。

題錢主簿志道喜照

自得陶然樂，披圖遠意存。錦衣新主簿，鐵券舊王孫。橐筆蓮花幕，攤書桂樹根。春游休覓句，芳草最銷魂。近作《春草》《秋草》詩各四首，其『一片萋迷送夕陽』句尤佳，惟覺過於哀艷，詩以箴之。

河上相逢久，詩情每共論。五湖三畝宅，兩晉六朝人。宦迹桃花水，鄉心柳浪春。中年須近道，詞賦誤閑身。

送費星橋觀察之粵西臬使任

早年辭賦動瀛洲，持節乘風極壯游。赤鯉千尋凌水府，青天一髮見瓊州。蘭陔得遂天恩重，公自雷瓊觀察量移肇羅，得免重洋陟屺之恩，實感天恩。棠蔭長憑海國留。今日河防同擊楫，總憑忠信格陽侯。

論交早識長翁名，兩月同舟洽宦情。纔得旌霓江左重，又看綉豸粵西行。金堤鞏固資三策，銅柱聲威鎮百城。南望離情同繾綣，好憑芳信慰平生。

題某某昆季西域從親詩册

陽關西去古銷魂，萬里隨親弟與昆。大漠風沙同日近，輪臺霜雪比春温。人欽至孝題金管，天許生還渡玉門。今日摩挲詩册子，如將蘇武節同捫。

明孝廉海鹽祝君遺照歌

謹按《明史》：祝淵，『字開美，海寧人，崇禎六年舉於鄉。自以年少學未充，栖峰巔僧舍，讀書三年，山僧罕見其面。十五年冬，會試入都，適宗周廷諍姜埰、熊開元削籍。淵抗疏曰：「宗周戇直性成，忠孝天授。受任以來，蔬食不飽，終宵不寢，圖報國恩。今四方多難，貪墨成風，求一清剛臣以司風紀，孰與宗周？宗周以迂戇斥，繼之者必洪涊；宗周以偏執斥，繼之者必便捷。洪涊、便捷之夫進，必且營私納賄，顛倒貞邪。乞收還成命，復其故官，天下幸甚。」帝得疏不懌，停淵會試，下禮官議。淵故不識宗周，既得命，往謁。宗周曰：「子爲此举，无所爲而爲之乎？抑動於名心而爲之也？」淵爽然避席曰：「先生名滿天下，誠耻不得列門墻爾，願執贄爲弟子。」明年，從宗周山陰。禮官議上，逮下詔獄，詰主使姓名。

淵曰：「男兒死即死爾，何聽人指使爲！」移刑部，進士共疏出淵。未幾，都城陷，瞥死難太常少卿吴麟徵喪，歸其柩。詣南京刑部，竟前獄，尚書諭止之。上疏請诛奸辅，通政司抑不奏。给事中陈子龍疏薦淵及待詔涂仲吉義士，可爲臺諫。仲吉者，漳浦人，以諸生走萬里，上書明黄道周冤，得罪杖譴者也。不許。宗周罷官家居，淵數往問學。嘗有過，入曲室，長跪流涕自撾。杭州失守，淵方葬母，趣竣工。既葬，還家設祭，即投繯而卒，年三十五也。逾二日，宗周餓死』。史載顛末如此。其傳附《劉宗周傳》，後遺照爲常州惲仲升所繪。仲升父子曾躬至孝廉墓前展拜云：『余幕僚祝六，皆謙其裔孫也。』以孝廉遺照索題，敬賦長歌，以志景仰。

鬱鬱復鬱鬱，海潮終夜發。中有忠義魂，陰風助蕭颯。祝君生此海昌縣，讀書早愛《范滂傳》。初領鄉薦赴長安，傾耳朝綱日衰變。思陵御宇十六年，鋭意治理淆忠奸。盗賊遍野遺民盡，剛斷往往鋤英賢。如農開元寄北寺，忠介庭諍亦忤旨。儒冠哭上賈生書，欲爲朝庭飭綱紀。緹騎逮取孝廉船，刊章置獄儕羊豕。獄吏傳呼赤棒來，搒掠鞭棰追主使。男兒意氣直死耳，上書豈受他人指。孝廉對簿既不屈，忠介猜疑亦伸理。血裹青衫待放歸，傳經擬赴董生幃。從師遠道行難及，厄閏岩城早被圍。岩城已覆黄金賊，地坼山崩鰲柱折。太常守義付龍髯，旅櫬何人封馬鬛。托死惟存范巨卿，親爲迎送出都門。關山迢遞悲烽火，妻子伶仃仗友生。元伯已憤歸泉壤，草創南都還搶攘。勁草難消指佞心，黄麻重擬封章上。封章未上北兵來，列戍連江鐵鎖開。燕子春燈傾社稷，鳳凰阿閣委污萊。建國紛紛復何有，杭州台州俱不守。蕺山不采首陽薇，絶粒龔生骨不朽。孝廉正表《瀧岡阡》，聞變匆匆掃墓田。哭罷慈幃哭故國，閶門匹練一身懸。未曾一日見天子，填海憂天徇國死。儒生碧血瘞黄沙，草莽丹心照青史。東風宿草野烟昏，有客凄凉拜墓門。延陵自挂徐君劍，宋玉難招楚客魂。君不見白日淡淡朝還暮，潮來潮去西陵渡。行人指點孝廉墳，杜鵑啼上青楓樹。

爲王簣山觀察題憶舊八圖

雪夜書聲老屋深，《蓼莪》腸斷不堪吟。天涯亦有臯漁泣，共此秋風木葉心。夜課。

玉露初團兩桂枝，槐花細雨各吟詩。蹇驢古道青山色，此是邯鄲入夢時。秋試。

十載爲郎粉署清，鳳樓回首隔重城。題詩應羨桑乾水，猶得春波繞帝京。出京。

次第親朋話昔游，錦衣難遣是松楸。鄉音到耳應非夢，魂魄從來戀故邱。抵里。

鷄人喔喔馬蹄頻，回首東華舊軟塵。朝聽銅龍官聽鼓，本來同是不眠人。待漏。

蠟屐登山又一時，廬山勝處使君知。却慚我亦匡君友，未得窮搜似客兒。游山。

笳吹秋清疊遠空，横江心壯海潮東。金焦山色齊梁史，陡憶當年有阿童。渡江。

政暇聯吟擘彩箋，風流賓從盡如仙。嗟余亦作江南守，孤負清游已十年。雅集。

爲王九峰題杏林圖

人言董奉愚，活人惟索杏一株；我謂董奉智，濟人功德天曹記。一朝行滿羽書迎，霓旌召作天仙吏。世間術士何蠅營，盜弄靈素矜神明。逢人輒道病必死，嗅吾藥裏今還生。自謂摻術計良得，死不任怨生爲恩。醫師果有不死術，岐黄扁鵲今安存？燒鉛煉汞笑迂怪，用此點石成黄金。心中冰炭鬧如沸，宅畔荆榛森作林。王君術精類董奉，活人無算醫稱神。年逾七秩壽而健，諸子岳岳垂朝紳。少子孫枝俱英物，峨冠接武家聲振。官誥已比二千石，致身萬石非無因。今年我病殆瀕死，賴君觸手天回春。歲暮思返揚州鶴，寸心感激難具陳。爲繪此圖光行篋，聊比董奉宅邊種杏人。

再題王九峰種蘭圖

家住烏衣舊德存，爲醫爲相本同源。名山芝草經游遍，却植芳蘭譬子孫。

綺石黄磁斗共清，無心采藥且間行。一庭蘭蕙香如海，春自先生杖履生。

不須繞宅千株杏，未種平疇五色瓜。陰隲在心春在手，東風次第長靈芽。

家住靈峰界楚天，漫游未蓄買山錢。他年息轍投空谷，消盡香風忘歲年。

題王九峰九松圖

歲星游戲佩靈符，妙手生春絶世無。山是九峰松九樹，分明九老繪成圖。

鱗爪騰拿欲化龍，濤聲如雨寄高踪。王喬本是神仙格，怪道同游盡赤松。

夢兆詩并序

道光三年，歲在癸未。嘉平廿一日封篆之期，予方苦病魔纏繞數月，夜卧多不成寐。是夕忽酣睡，夢帝錫予銅符篆文，如古錢形，長約三寸許，寬約二寸。夢中視之，不甚記憶，上有『天雷』二字，下有『不但千金』四字，餘文不甚了了。又似與節相孫制軍同觀，不知主何吉凶。作詩以記之。

道光癸未冬，病魔苦爲祟。痞塊填胸臆，腸胃復泄痢。晝食苦難消，夜卧不成寐。參朮訖無靈，醫工術徒試。嘉平廿〔一〕一日，就枕忽酣睡。夢帝賚銅符，珍重拜恩賜。方長不數寸，古篆渾難識。上有『天雷』文，下列『千金』字。其餘字尚多，模糊不記憶。既醒自尋思，蒼蒼是何意？或予河干走，尚有微勞勩； 神人慰勉予，愛身毋自弃？抑或禄命盡〔二〕，合作天雷使。君子安義命，達者一心志。堅定向道心，不以生死易。爰作五言詩，用志宵來异。

【校記】

〔一〕廿，底本作『念』，據葉廷琯《鷗陂漁話》卷一改。

〔二〕禄，底本作『福』，據葉廷琯《鷗陂漁話》卷一改。

絶筆

天地中空日月明，無人不向此間生。從今撒手歸西去，免得拖泥帶水行。

補遺

將赴南河留別寶晋書院諸生（四首之一）

江天海岳壯文瀾，北固山齋拭目看。問字我慚一日長，研經君耐九秋寒。曾追蘇米敦弦頌，敢向河淮策治安。臨別片言須記取，科名容易立身難。

（《光緒丹徒縣志》卷五十二，清光緒五年刊本）

野桃同百文敏作

羅山黎襄勤以縣令起家，宰南昌五年，庭無滯訟。督南河最久，清操孤立，省歲需二三十萬。宣宗御賜詩有『偉哉防浚力，瘁矣十三年』之句。其《野桃同百文敏作》云：

無復雕欄護麴塵，短籬灼灼占青春。仙源猶記前番路，瘦倚東風笑看人。江村細雨落花時，竹外猶留三兩枝。惆悵兔葵和燕麥，劉郎回首鬢成絲。見説元都道士家，春來日日飯胡麻。若教共吃桃花粥，也向瑶池掃落花。家住清淮灣復灣，年年春到畫簾間。情深誰似桃花水，一片紅波映髻鬟。

（民國楊鍾羲《雪橋詩話餘集》卷五，民國求恕齋叢書本）

詞　謙豫齋詞鈔　卷五

臨江仙 別情

緑楊樹下維舟處，驪歌宛轉催人。相看去住各酸辛。萬千心上事，數語話難真。　離別不爲兒女態，難禁暗裏傷神。仰天大笑出家門。一帆江路永，難遣是黄昏。

醜奴兒（一名采桑子）即事

酒樓雜遝游人滿，乍見南軒。一點嬋娟，多恐傷卿紫玉烟。　邀來同伴些兒長，兩小相憐。綽約人前，隔座頻叨一顧緣。

虞美人

離家一月征程渺，别恨知多少。吴頭楚尾儘淹留，却喜金尊檀板對清秋。　黄河北渡風光改，塵土昏如海。霜天明月渡關山，記得蘇臺酒暖唱雙鬟。

鷓鴣天 旅店看月

日日征途撲面塵，曉風楊柳自青青。生憎一片天涯月，却爲離人着意明。　眠未穩，喚登程。微光篩透紙窗欞。金閨莫向關山望，風露中庭冷逼人。

鳳凰臺上憶吹簫 旅況

霜露沾衣，塵埃撲面，天涯滿眼羈愁。看雲低平野，雁渡江樓。過了千山萬水，聲嘹亮、欲去還留。憑誰訴，征人旅店，倦客孤舟。　颼颼，五更風冷，强喚起相如，擁上驊騮。對垂楊似綫，殘月如鉤。惟念金閨憶遠，剛此際、夢醒香篝。鷄唱處，關山曉夜，枕簟凉秋。

訴衷情

小桃弱柳愧逢迎，薄命惜平生。樽前暗傳青眼，歌裏訴衷情。　郎不解，假惺惺，意難明。今番流水，此後飛花，何處飄萍。

醜奴兒犯

後堂絲管初相遇，風裏身輕。霧裏花明，誰識些兒暗裏情。　倩人代覓銀鈎字，措大鯫生。檀口親評，慚愧青樓薄幸名。

多麗

昨晤徐陵，傳來嬌語，鄒衍覓芳姿之扇，劉郎許索靖之書；措大黎淳，學花裏相呼之寵；疏狂杜牧，得青樓薄幸之名。鳴譜紅鹽，書成白扇。因人代贈，酬我知音。

記前因，畫堂絲管新春。正彭郎、風鬟霧鬢，凌波步出香茵。巧偎人、輕攏玉腕，工勸酒、先浸朱唇。刻意温存，周身妥貼，無言桃李自相親。惹無賴，五陵年少，一笑擲千緡。誰信爲、多情宋玉，私逗微嚬？　浪傳來、銀鈎消息，有人代倩書紳。折釵痕、無煩朱泚，簪花格獨羨黎淳。檀口親評，芳心自許，慚愧拈毫寫洛神。從今後，天涯青眼，未敢薄風塵。問孫壽，聰明若此，忍令橫陳？

薄幸

春風不語。儘燕子、喃喃絮絮。偏肯爲、莊生曉夢，私逗柔情一縷。料朱門、複幔重帷，怎生輕放飛花去？只座上調酥，屏前執拂，領略温存幾度。　微聽得、賣珠説，留女弟、濃花一樹。便長吟錦瑟，亂抛紅豆，傾城親得延年許。傳聞無據。甚秋娘能似，冬郎翻悔當初誤。羊車再見，眉際分明無緒。

誤佳期 旅店阻雨

咫尺泥封隴畝，草店烟迷户牖。此時何物不知愁，只有青青柳。　心事不成眠，綉被新寒透。起攤书卷對青燈，貪醉澆村酒。

阮郎歸 前題

連朝絲雨滯行旌，長空孤雁鳴。卧聽羸馬嚙芻聲，天涯無限情。　衣被濕，夜寒生，深宵夢不成。算來萬事數躬耕，何時罷遠征？

奪錦標

桃暈腮窩，柳横眉際，忍向羊車擲果。半舊珠衣羅襪，稱體輕盈，天然婀娜。乍相逢茶市，把一寸、星眸私簸。是誰家、燕子鶯鶵，怎放風流間過？　愛把金筒貯水，紫玉生烟，頻引櫻桃小破。多恐柔腸嫩肺，苦吸氤氳，就中摧挫。看千金玉體，忒輕纖，雙蛾頻鎖。儘旁人、領略檀郎，吹息香風滿座。

風入松

桂花香噴廣陵秋。歌吹竹西游。名園緑水參差出，烟波外、何處蘭舟？多少盈盈粉黛，相逢絮語綢繆。　歡情落日不歸休。次第奏箜篌。小蠻苦受風塵累，背稠人，獨注星眸。生恐相如病酒，淺斟微致温柔。

念奴嬌題解明府小照

長空露洗，正梧桐月上，凉秋似水。有客科頭清静坐，領略無弦緑綺。掃榻攤書，呼童煮茗，風裊茶烟起。人生消受，暫時無事而已。　何必季子多金，東方索米，束縛紅塵裹。便是神仙難得學，■■填胸塊磊。抱璞含真，逢場作戲，領略逍遥旨。年來■■，端應惟我與爾。

多麗 食魚

水雲天，迷■柔■江烟。正漁舟、輕絲網舉，銀光一片高褰。夕陽明、■■■■，新月閃、刀鍔秋寒。渡口呼來，船頭買得，快將樽酒■■■。看通體，玉鱗褪盡，纖尾尚綖綖。一霎時、橫陳賓案，進奉金盤。　待從頭、支吾象箸，滑脂膩口新鮮。刺鋒多、周回撐拄，肌裏細、挖剔難全。碧沼潛藏，清潭生長，供人一饌受天憐。但得果、文園心腹，縱死也香甜。衷腸剖，尺書無字，止勸如餐。陸龜蒙曰：淫■■■■爲暴殄天物，其心一■■■及之。

浪淘沙（步李後主原韵）別情

春水溜淙潺，玉佩珊珊。王孫去後暮城寒。芳草夕陽人寂寞，何處追歡？　月影上朱欄，私語屏山。見時容易別時難。夢裏相隨如粉蝶，柳外花間。

攤破浣溪紗 元夜潯陽江上阻風

上國烟花次第紅，試■■裏阻孤蓬。酒醒天寒何處夜，楚江東。　直恐生從■■過，可憐春盡雨聲中。寶馬雕鞍留得在，與誰同？

蝶戀花

曾記長安騎馬去。楊柳東風，紅杏枝頭雨。大厦珠簾留不住，青衫踏遍潯陽路。　彩筆凌雲無可賦。除却爰書，只覓風懷句。流水落花春又暮，玉堂天上無尋處。

浣溪紗■意

雙鬟堆鴉黛蹙螺。盈盈十五小巫娥。秋蓮心苦藕絲多。　舞欲酣時花弄色，歌逢裊處水迴波。高雲不動奈伊何。

江南夢

戲咏史。《東漢方術傳・郭玉傳・程高〈針經〉〈診脉法〉》：『和帝時爲太醫，多有效應。帝奇之，乃試令嬖臣美手腕者，與女子雜處帷中，使玉各診一手，問所疾苦。玉曰：「左陰右陽，脉有男女，狀若异人。」帝嘆息稱善。』

春已半，羈旅怨東風。開卷輸他奇郭玉，手擒雪腕辨雌雄。簾隙語惺忪。

浣溪沙 旅懷

客舍深藏萬柳西。軟風遲日映簾低。明窗坐聽午鷄啼。　無可奈何春寂寂，不曾少待草萋萋。王孫歸夢日凄迷。

又 春暮感懷

又見楊花點渡頭。殘紅落盡水東流。緑陰無賴傍高樓。　明月須看來世事，春風曾與昔人游。眼前蜂蝶不知愁。

虞美人 四時詞・春

呢喃燕語驚春曉，寶帳流蘇小。輕衫梳洗出簾櫳，一架薔薇攢簇錦屏紅。　蝶翻輕粉釵頭舞，小立調鸚鵡。瓊窗碧樹日遲遲，可是八磚花影退朝時。

又・夏

竹稍露響中庭静，茉莉香初孕。幽房浴罷理殘妝，剛是梧桐纖月送新涼。　流螢數點明還息，紈扇揮無力。笑看牛女隔銀河，底事神仙天上別離多。

又·秋

金風漸響梧桐樹，微雨收殘暑。朝來霽色到西樓，恰好蘿衣竹簟試新秋。　纖雲細撒遥空彩，金粟香如海。鴛鴦瓦上月初生，帶得一天秋思滿江城。

又·冬

紅絨鋪地綿簾重，幄暖梅香動。撐蒲戲罷不知寒，坐聽晴檐冰箸滴涓涓。　熏罏暫背登樓望，斜日明朱幌。微開窗隙指終南，一片明霞殘雪萬松間。香奩四時詞寫豪華閨閣於清曠之中。寒氈旅舍，聊作華胥一游。

雙調·江城子

華堂銀燭綺筵中，酒頻空，氣如虹。衆裏孤花，幽素與春融。背地星光時溜取，纔瞥見，又朦朧。　思量無計展微衷，送金鐘，釧輕鬆。弱絮温綿，親切遞春葱。解道銷魂真個否？雙臉上，暈潮紅。

憶江南　爲莫青友先生題高村古渡圖

鄉園好，尺幅對晴川。渡口桃花含雨笑，汀洲楊柳抱風眠。多半夕陽天。　京洛住，回首憶韶年。十丈紅塵騎省馬，一灣碧樹釣人船。清夢畫中圓。

浣溪紗

貪着圍棋暗賭春。局終纖手幾回輪。天公一子不饒人。　犀怗釘餘猶膽怯，銀鐙剔罷更眉顰。半窗月影寫花神。

蘇幕遮

帳如烟，秋似水。鐙影幢幢，架上鸚哥睡。欲語荷花香噀體，一抹紅雲，界破平池翠。　擘芳心，褰弱蔕。雪藕冰絲，滴盡珍珠泪。㶉鳥驚眠飛不起，浴罷漣漪，夢枕鴛鴦臂。

蝶戀花

省識東風年幾許，芳草天涯，約定傷春處。滿院緑陰三月暮，楊花飛盡春無主。　人藾蠶眠分小炷。捧心香，私語留春住。薄命紅顔天付與，斷魂攙逐罏烟去。

瑣窗寒

鸚鵡耽眠，海棠貪睡，月華亭午。玉奴何在？静聽沉沉街鼓。倚薰籠、燈殘篆消，春寒更倩羅衾護。正夢比花輕，魂隨烟裊，驚回何處？　無緒私猜取。想拍斷紅牙，歌殘白紵。永夜飛觴，孤負明星三五。儘春蠶、萬縷柔絲，人歸醉後能知否？待來朝、病酒春眠，好向喃喃數。

行香子

静剔蘭膏，滿酌葡萄。綉簾前、花譜堪描。鶯兒不在，燕子休喬。是水中蓮、風中柳、雨中桃。　惜月前宵，病酒今朝。怕摹春、瘦减冰綃。笑闌心事，羞暈眉梢。似玉交枝，雲弄彩，水生潮。

滿庭芳

暖幄烘梅，虚窗聽竹，偎爐未怕春寒。貂裘蟬鬢，冰雪對眉山。并擁綺琴芳褥，聯吟久、意安心嫻。輕謔處，寒灰作字，微忤暈朱顔。　如蘭。聞細語，香囊暗解，綉履私攀。且手拈柔翰，指褪瑶環。寫到搓酥滴粉，把羅襦，内薌澤沾。試撿取，相如麗賦，艶語帶羞看。

江城子

藤陰池館碧如烟，困人天，惜華年。正自傷春，無意值嬋娟。手摘青梅羞暗遞，嬌不語，背鞦韆。落花無主受風旋，草鋪氈，柳飛綿。一縷游絲，到死繫春蠶。可是蘭心曾著露，藏一點，蕊珠圓。

滿江紅 此首失題

金屋恩深，儘脂粉，潛供漁獵。恨未向，金盤寶鼎，一傾膏液。薄命空隨桃李盡，柔肌乞并魚蝦設。待君王，綉領刺成時，彎刀切。　辟穀食，束腸潔。飲香酪，清芬澈。浸湯泉，自把菱枝抉摘。羞比侯鯖滋味美，喜同禁臠心肝貼。算千秋不負有情人，睢陽妾。

賀新郎 題唐六如説書畫意，步劉詩瘦韵

沽飲楓林罅。正吴江、銀罌潑乳，玉魚新鮓。聞聽漁陽三棒鼓，拍案辭鋒四射。逗綺思、簾前花下。唱到悲歡離合處，儘堪嗟、喜還堪怕〔一〕。把喉舌，青天挂。　金閶才子聞瀟洒。寄閑情，江鄉風景，吴傖圖畫。莫笑村盲巴里曲，只算風吹檐馬。任天籟、宫商自打。縱使韓娥聲激楚，

料悠悠、誰是知音者。或此意，堪憑藉。

【校記】

〔一〕此處疑脱一字。

再疊前韵

避暑松陰罅。聽稗官、談今論古，味如啖鮓。箕掌交叉奴打背，熱焰騰騰遠射。適意在、豆棚花下。旁有臞翁持夾剪，誤銀星、迸射雙眸怕。是錦袋，檳榔挂。　吹簫吴市同瀟灑。把千秋興亡唱嘆，英雄摹畫。兒女恩仇多少事？幾處金戈鐵馬，閑付與、漁陽鼓打。聲若調高喉捩破，勸人寰、可有回醒者。才子筆，總堪藉。

念奴嬌

楚沍如許，便消盡、幾輩英雄詞客。落照關西，人想像，把酒壯懷激烈。樓櫓旌旗，江山文藻，都共浮塵滅。丹青寫照，怕將今古重説。　便是蘇子當年，負瓢曳杖，孤憤風騷接。萬里孤臣窮竄死，乞住黄州難得。海雨天風，銅弦鐵板，瀝盡忠肝血。江樓聞笛，好尋黄鶴烟月。

金縷曲 題董晉卿詞册

剪燭傾家釀。展芸編、珠璣光燦，蕙蘭香暢。譜按霓裳梁屋繞，宛轉周秦酬倡。風格與、玉田相抗。紅粉青衫兼感舊，便■郵、倦旅增惆悵。才子筆，翻新樣。

金荃漱玉曾傾向。擬花間、香羅載酒，淺斟低唱。謝傅中年哀樂甚，綺語閒情私創。學古井、禪心安放。結習湔除知不易，被麻姑、搔動年前癢。纔見獵，又心壯。

謙豫齋聯鈔

本宅主屋

惟孝友乃可保家，弟兄痛癢相關，凡外侮何由得入

除詩書無以示後，子孫聞見止此，雖中材不至爲非

本宅廳屋

爲國宣勤，波恬竹箭資三策

傳家衍慶，砌長芝蘭守一經

失題

後之作者期遷固

修得長年契老彭

環山帶河精舍

山色河聲
水流雲在

失題

德政丕昭楚吴治劇
道源妙合江漢同流

失題

海岳遺踪，拜石風流存北固
天章賜額，渡江文教首南徐

失題

書法鍾王，虎卧龍跳資筆陣

人欽蘇米，江聲山色助文瀾

鎮江金山寺望江亭集杜老《秋興》詩句

一卧滄江驚歲晚

千家山郭盡朝暉

四月二十四日集句

是非盡付藏三耳

禍福寧關蛇兩頭

嘉慶己巳燈下句

愛才若命爲求福

知己如仇要審行

南河督署荷花書院聯

求仙地接淮南子
問道人稱河上公

謙豫齋書屋聯

月窟天心資探討
粗沙大石相磨治

附録一　文集序跋

黎襄勤公奏議叙

孫玉庭

人必有真性情，而後有真學問；必有真學問，而後有真事功。至於著作文章，乃其餘事。吾於吾友黎襄勤公見之。

公以名進士出宰西江，所至有聲，洊升鎮江太守。值江南河務孔棘，上游以淮海觀察缺，非公莫能任，遂奏擢焉。淮海一道，爲黄河下游尾閭，且係新設，尚無衙署，公則僦居舟中，上下往來查勘。凡河務事宜，靡不究心；前賢治河各書，靡不周覽。融會貫通，心知其義。故凡所條議，必中窾要。如接築長堤一事，能與上游力争，卒行其意，則其性情、學問可以想見。洎乎調淮揚遷河帥，一切疏防機宜，皆早作夜思，曲盡其誠，未嘗　日宴安，備極勞瘁。所上章疏，載於《南河成案》，著有成效。十餘年來，安瀾奏績者，皆公之事功也。以故受知兩朝，備叨恩遇，生榮死哀，卓然爲一代偉人。余以嘉慶丙子奉命節制兩江，始得與公相晤，見其任勞任怨，公爾忘私，敬且愛之。公亦以余爲可交，訂雁行焉。至道光甲申春，公歸道山，蓋八年於兹矣。金蘭凋謝，老我何堪！乙酉秋，公嗣子學淳以所録公奏疏條議若干卷，屬叙於余。余受而讀之，大率皆余所經見，并有與余會奏之件。凡此皆公之事功，而學問性情悉見其中。壽之梨棗，則文以人重，亦藉公以不朽矣。

是爲叙。

道光乙酉秋九月下浣濟寧孫玉庭撰。

先襄勤公奏議後叙

黎學淳

乙酉歲，學淳讀禮家居，奉先君所遺奏議，編而習之，分爲六卷，以付剞劂。既成，學淳泣而言曰：吾先君督理河務十有三年，凡夫接築長堤，普用碎石，因山設壩，改閘爲河，一紀之間安瀾永慶，其由來有自矣。學淳稚弱，不能導揚先烈，而過庭之聞則謹志不敢忘。

古之爲大臣者，敬以持躬，勤以率屬，廉以崇德，惠以養民。動之以誠，而奸宄不欺；行之以中，而寬猛有節。藏於中者深，故被於物者博；得於學者粹，故施於業者純。

鄉者，總河大臣於黄、運情形未能深悉要領，故習於依違，情不上通。先君履任以後，掃除積弊，奏稿多由手定，知無不言，言無不盡，纖悉必以上聞，不敢存營私利己之見，則事上忠也。大府接見僚屬，莊嚴自持，見者每不克盡言而退。先君虛以問之，和以接之，俾得盡情指陳利弊。按臨所至，察弁兵之吏事者，詳加諮訪，使各抒所見，而以己意折衷之。故謀協僉同，所舉悉當，則接下謙也。清江浦爲河工省會，五方雜處，官屬子弟循習浮奢。先君聲樂不御，妄幸不畜，整躬飭屬，其不率者嚴加屏斥，而人勤其職，庶務畢修，則薄俗革也。多備減壩，非异漲不泄；禦黃、束清兩壩，啓閉以時，展寬有度，務欲清水暢出刷黃，而不使黃流倒灌入運，故運道日深，漕艘往來不滯，則守法堅也。遵奉長、戴兩相國原奏，接築長堤，使水勢暢行，直注海口。馬工儀工迭次漫溢，正流旁泄，乘時開挑引河，因勢利導。平時坐灣諸處，悉化險爲平。又於徐州展寬上游河面，以保固彭城，則乘機捷也。其閱工也，嚴禁舞弊，無所容奸，筆籌口畫，參黍不爽，偷減者立加懲責，縱弛者隨即革參。徒步周視，日行三四十里，不憚寒暑，則課程嚴而閱視勤也。其節費也，絶賄遺，省供億，屏玩好，清以厲廉，儉以式靡，寬而有制，明而不苛，廳營無饋送之繁，無賠累之苦。循分供職，國帑不虧，則工用省而官方飭也。雖任河臣，不忘民瘼，興學校，賑凶荒，恤飢寒。夏時巡工，見蝗蝻初生，召有司責之，并飭廳營懸賞協捕，蝗不爲灾。壬午秋，道將循例禀啓三河二壩。先君察水勢不至大盛，諭之曰：『今歲下河大稔，奈何漂没之？稍緩半月，俟其蓋藏可也。』或謂：『河臣奚必爲地方計？』先君咈然曰：『吾身爲大臣，民之疾苦如在吾身，豈可以責任不及而弃之乎？』其仁民又如此。平居小心敬畏，有警報，中夜立起，寢食俱廢。初任河臣時，王營減壩漫溢已成。先君搶護不及，即奮身投河，漫流頓止，侍從諸員力救得出，翌日而睢工漫口之報至矣。丁丑之秋，湖水大漲，與高堰堤首相平，五壩盡啓，而水勢不退，危在頃刻。先君駐工防護，日夜不息。如是者五日，浪静風恬，湖心忽高起數尺，軍民咸稱神异焉。論者或嘆其福之厚，或驚其業之隆，不知兢兢業業，慎始思終，皆至誠所感召也。

奏議共二十四卷，具載《南河成案》中。先君擇其要者，比類輯録，以備檢閲。手澤猶存，不敢妄加更定。謹將原稿付梓，而展寬徐州河面及覆奏御史條陳積弊諸稿，則附録於後云。

道光五年歲次乙酉季秋男學淳謹識。

詩序

鄭元善

予以辛丑之歲來河南，奉檄河工，聞河帥勛名最盛者，南河有黎湛溪先生，東河有栗樸園先生，皆職舉而工辦，慶安瀾者數十年。栗公歷官中州，洊開藩府，治行卓卓，堪爲吏民法，而猶以爲未悉黎公也。

癸丑，予攝羅山事，公，邑人也。因接見士大夫，得識公仲子静庵中翰。中翰博學，工詩，數與游而訂交焉。閑輒訪公遺徽，與鄉評相吻合。中翰曾示予公之《河上易注》，今中翰長嗣石臣又寄公《謙豫齋詩集》屬予序。謙豫齋者，公取《易》之『謙而後豫』以名其齋，遂名其集云。公嘗自序《易注》大要，謂六子中惟坎、離剛柔得中，凡卦皆由坎、離以還乾坤，是聖人損過就中之旨，蓋公之得於此者深矣。夫士君子誦法聖賢，一旦受聖天子知遇，委以當世之務，自宜以蓄諸身心者發於事業，乃或拘牽於流俗而無所建白，或因循於末路而隳其功名，致使與不學無術同取譏笑，豈儒者之業果不適於時用哉？

學無實得，心無常主，而一切虚名小■與自滿自私之懷，有以誤之也。公則始爲循吏，終爲名臣，本治經以治民，即本治民以治河。其大焉者，體驗以衷諸聖賢；其餘焉者，吟咏以適其天趣。故公詩衝淡渾樸之氣，足以鎔其精思，藴其勁骨，格律似玉局，而神韵直追盛唐。集中如《金焦二山歌》《登北固山多景樓》山川形勝數語，曲繪鎮江留别，美其風土文物，而廣以教恩題授經圖云，豈知『六經』藴精微，寓平直，此皆公之極詣，非摹擬家所能■。至若天真所構，古義閑發，揚聖謨則有《禮成》之頌，達民隱則有《嘆灾》之章，表孝思則有《江水》之行，闡忠烈則有《椒山》之曲，懷舊績則有《鏡湖》之唱，望同心則有《打硪》之歌，斌斌乎嬗樂府、儷風騷也。公不以詩名，而詩固足傳矣。

先是，中翰欲刻公詩，未果而殁；至是與中翰詩并刻之倡，始於前太守粤東廖鹿儕先生，予亦共醵金付剞劂氏，事始就。予自十餘年前即嚮慕公，今幸於公學問事功具見大略。而時當多故，國恩民望報稱維難，願取法於損過就中之旨，竊自勉也。因於序公詩發之。

序成，以授石臣，而重有感也。昔昌黎於馬侍中後裔往復致意，謂公侯子孫必復其始。石臣昆弟瑜珥蘭芽，得父筆而傳祖硯，立身立名，俟諸方來，此尤予之所厚望也夫。

咸豐十年歲次庚申榴月廣宗鄭元善拜書。

詩序

廖甡

余初官水部，即知南河帥黎公治河之偉績。公，河南羅山人也。少年舉進士，起家縣令，洊升至觀察。朝廷知公能，超擢至南河總督。凡籌備芻茭，稽察工料，無不親自查點。人不能欺，帑不虚費。久任十二年，皆慶安瀾，歲省水衡錢百十萬。騎箕之日，撿其行笥，祇存自注《河上易》一部，俸金百兩而已。此見於邸抄者也。遺摺賚至，天子震悼。予祭葬賜隆謚，并挽以詩，祭以文。今刻之於墓前，志聖恩紀盛德也。

余來守汝郡，行部至實城，每過其廬，未嘗不肅然起敬，乃諭邑令爲之建立專祠，以時祭祀。因得交於其子静庵中翰，嘗讀公之《治河奏議》《河上易注》二書，具見公一生之經濟學問，不徒以詩見也。然讀公之《謙豫齋詩集》，皆温厚和平，深得風人之旨。凡所題咏，寄托遥深，有關風化，可以傳矣。

今其蒙孫石臣將梓其遺集，屬余爲叙。余忝守其鄉，又與静庵交厚，重聯姻婭，義不敢辭。唯廉吏子孫寒素逾甚，爰助剞劂之資，俾刊行於世云。

咸豐十年榴月姻愚侄南海廖甡謹序。

附録二　傳記資料

黎世序傳

黎世序，初名承惠，字湛溪，河南羅山人。嘉慶元年進士，授江西星子知縣，調南昌。擢江蘇鎮江知府。十六年，遷淮海道。與河督陳鳳翔争堵倪家灘漫口，由是知名。

十七年，調淮陽道。尋鳳翔黜，詔加世序三品頂戴，署南河河道總督，俟三年後果稱職，始實授。疏言：『自上年大潦，千里長河，王營減壩及李家樓漫口堵合，雲梯關外水深一二三丈至四五丈，爲近年所未有。而清江浦至雲梯關一帶，較之河底深通時尚高八九尺。此非人力所能猝辦，計惟竭力收蓄湖水，以期暢出。敵黄蓄清之法，在堰、盱二堤，有旨緩辦；今年禮壩跌損，宣泄路少，二堤尤應急築，以資捍衛。』允之。

十八年，以仁、義、禮三壩基壞，請於蔣家壩附近山岡移建三壩，挑引河三道，詔令詳議，并飭填實舊壩。尋如議行。因全漕渡黄較早，議叙。疏請加高徐州護城石工，添築越堤，於清江浦汰黄堤外加重堤，又於駱馬湖尾閭五壩迤下添碎石滚壩，并允之。先是百齡擬於清江浦石馬頭築圈堤，其灣處對王營，上起禦黄壩，下屬貼心壩，河寬千餘丈，至此陡束爲二百丈，論者以爲不便，得不行；世序卒成之。是年秋，睢南薛家樓、桃北丁家莊漫水壞堤，世序躍入河者再。會上游河南睢州决口奪溜，河水陡落，睢、桃兩工得補築無事，詔以世序不能先事預防，降一級留任。睢州决口久未合，黄水全入洪湖。世序力籌宣泄，浚順清河於清口淤窄處，自束清壩起至禦黄壩止，挑引河三，束清、鉗口各壩一律闢展，智、仁兩壩及蔣壩以南，新挑仁、義兩壩引河，并爲分减之路。至十九年霜降，安瀾，詔嘉世序修防得宜，加二品頂戴。

二十年，疏言：『徐州十八里屯舊有東、西兩閘，金門寬三丈五尺，不足减水。其西南虎山腰兩山對峙，凹處寬二十餘丈，山根石脚相連，可作天然滚壩。北面臨河，即十八里屯，山岡淤於土中，剷平山頂，改作臨河滚壩。以虎山腰爲重門擎托，可期穩固。』允之。夏，洪湖盛漲，拆展束清、禦黄兩壩，啓山盱引河滚壩，清水暢出，會黄東注，刷河益深，特詔嘉獎，賜花翎。

世序治河，力舉束水對壩，課種柳株，驗土埽，稽垛牛，减漕規例價。行之既久，灘柳茂密，土料如林，工修河暢。南河歲修三百萬兩爲率，每年必節省二三十萬。碎石坦坡，自靳輔始用之於高堰，後蘭第錫、吴璥、徐端偶一用之；世序始用之於通工，謗言四起，世序力持，卒獲其效。二十一年，京察，議叙。二十二年，因禦黄壩刷深不能施工，束清壩掣溜太急，亦難穩立，請於舊二壩水淺處添築重壩，又於束清壩外添建一壩，以爲重門鉗束，於是比歲安瀾，奏减料價一成。

道光元年，入覲，宣宗嘉其勞勩，加太子少保，開復一切處分，賜詩以寵之。二年，京察，復予議敘。四年，卒於官，優詔褒恤，加尚書銜，贈太子太保，謚襄勤，入祀賢良祠。江南請祀名宦建專祠，帝追念前勞，禦製詩一章，命勒石於墓。賜其子學淳主事、學淵舉人、學澄副榜貢生。

自乾隆季年，河官習爲奢侈，帑多中飽，寖至無歲不決；又以漕運牽掣，當其事者，無不蹶敗。世序澹泊寧靜，一湔靡俗。任事十三年，獨以恩禮終焉。幕僚鄒汝翼，無錫人，世序倚如左右手，欲援陳潢故事，薦之於朝，力辭而止。涇縣包世臣號知河事，世序多用其説，惟築圈堰一事論不合。及創虎山腰滚壩，世臣阻之曰：『河以無溜爲至險，攻大埽不與焉；湖以淤底爲至險，掣石工不與焉。公謂減黄入湖，爲化險爲平。黄緩湖高，吾坐見其積平成險也。兩險交至，其禍甚烈。公意在及身，然以憂患貽後世已。』世序初奏亦謂壩成遇不得已乃啓，然後實無歲不啓。洎嘉慶二十五年，上游河南睢州馬營兩口既合，閲歲大汛至，清河、安東、阜寧三縣境内河水常平堤，而中泓無溜。世序心知其害，憂瘁而卒。後數月，高堰竟決。

論曰：仁宗鋭意治河，用人其慎。然承積弊之後，求治愈殷，窟穴於弊者轉益譸張以爲嘗試。海口改道之説起，紛紜數載而後定。康基田、徐端等皆諳習河事，程功亦僅。至黎世序宣勤久任，南河乃安；而減黄病湖，遂遺隱患。得失之故，具於斯焉。

（《清史稿》卷三百六十，中華書局本，第三十七册，第一一三七八—一一三八一頁）

黎世序

黎世序，初名承惠，號湛溪，河南羅山人。弱冠，舉嘉慶元年進士，即用知縣，分發江西，補授星子令。調南豐，更調南昌，廉明勤慎，才力兼人，而器量深沉，臨事鎮静，不動聲色。每日晨起出視事，接構猬毛，撥遣靡滯，退食後接賓客，理案牘，恒五夜不倦，老吏咸驚爲神人。以次爲地方興利除弊端。南昌最病民者四：棍辣、賊竊、賭博、私宰，案爲胥役包庇，牢不可破。世序密訪嚴拘，務獲重懲。有積猾不可得者，則親帶壯捕，迹其所在，擒之出，依法決遣，四境肅然。百姓一詞到縣，奸書訟棍，表裏爲奸，輾轉牽連，拖累無已，多至傾家。世序莅任，令當堂投牒，面加披詢。情節輕者，諭令解釋；重者，剋期集訊。片言折獄，辭無遁情，案無反牘，民尤便之。訟亦爲息。南昌西鄉地苦水潦，新穀不登者數載。甫下車，即捐廉增築圩堤，躬親相視，不惜數千金，盡臻完善，西鄉數百村得以生，全家尸祝之。壬戌癸亥，縣洊饑，百姓嗷嗷，爲設法賑濟，親往四鄉，勸令有餘之家通融糶貸，所在平糶，兩年全活無算。在任五載，仁心善政，設施不一，而最著者爲南昌創復東湖書院。書院自明初廢幾五百年，士民屢議興復，不果。世序毅然引爲己任，慨出三千金爲倡。邑人士素感公德教，争相輸助，三月落成，招集生徒弦誦其中，親講課焉。見者無不驚嘆。各州縣聞風起者數十處，此其教澤沾被士類甚衆。而以數百年未舉之典，乃不百日成之，其爲德化，古循良吏有不及焉。南昌人士所爲没世不能忘也。

世序後歷官南河帥。殁，合邑即東湖書院講堂改建專祠祀之，又呈請各憲祀府學名宦祠。

（清許應鑅《（同治）南昌府志》卷二十六，清同治十二年刻本）

黎世序

黎世序，號湛溪，河南羅山人。嘉慶元年，由進士知星子。年甫弱冠，吏民易之，及莅事，幹練明敏，剖决如流，始貼然服。移南昌，去任。累官至南河總督。

（清藍煦《（同治）星子縣志》卷之八，清同治十年刻本）

黎世序

黎世序，字湛溪，羅山人。嘉慶丙辰進士，即用知縣，洊升淮海道。時南河總督陳鳳翔得罪遣戍，世序代之。

初，南河自有明末造，逮於國朝破敗决裂。聖祖乃特簡靳輔爲河臣，繼以張鵬翮而大治，安瀾順軌，百有餘年，至是復壞。其時兩江總督百齡有言曰：『天下承平，國家閑暇，借要工爲汲引張本，借帑項爲揮霍鑽營。河員皆紈袴浮華，工所真花天酒地，蓋至舊規全廢。』黄强淮弱，豐工、邵工、睢工、鄗工、王營減壩、蘇家山、陳家浦、馬港口叠次漫决，河身中飽，淮水南趨，歲漕四百萬石待之以行。顧此失彼，左絀右支，幾成瓦解土崩之勢。世序適承其敝，淡泊寧静，一湔靡俗，修靳、張之治，以束水攻沙、蓄清敵黄爲急。其束水也，主於繕堤防，海口接築長堤，使水不散漫而滌淤有力；其蓄清也，謹守五壩，使清水長足，糧艘得以浮送。而黄河堤防之守，則又恃乎閘壩。於是請建清河、黄河北岸減壩及徐州之虎山腰減壩，以泄异漲，而保長堤。而黄河暴漲，堤工奇險，則又於埽前拋碎石以摟護之，故能轉危爲安。蓋自嘉慶十八年迄於道光三年，南河雕替之餘平成獲奏者，世序之力也。其埽前拋碎石也，人言藉藉，上達九重，致勞垂問。而南河工員，亦無不諫止。世序毅然行之，詢諫者曰：『君等謂碎石漸趨中泓，將塞水道，害在目前乎，抑异日也？』皆曰：『不及四十年，必當爲害。』曰：『不及四十年，河流不復能在此矣。』其時爲道光元年，至銅瓦厢之决，三十五年，碎石阻塞水道之説，絶無其事，而河流北徙言果驗。

南河歲需以三百萬爲率。世序當孔棘之秋，工務繁興，每歲必省二三十萬，部臣猶駁。詰之他人，無事而必罄此三百萬，部臣不言也。其清操孤立如此。

以縣令起家，爲循吏，勤於治民。及爲河督，猶以民爲念。召父老問疾苦，見清淮地瘠民貧，勸興種棉織布之利。道光元年，境内大荒，設粥廠散錢米，用官錢至六萬。縣之文廟圮，修之。崇實書院有燕家社膏火田六百畝，前河督吴璥奪與普應寺僧，世序復以歸書院。課士極嚴，一時士師之，民父之。卒之日，邑中罷市巷哭，數十年來所未有也。文廟以世序卒之次年落成，士民建祠於右，以寄思慕焉。

通《易》理，邑人蘇秉國著《周易通義》，延與講論。著《河上易注》，梓行。又有《湛溪文集》。

宣宗知世序忠勤，嘉之曰『幹國良臣』。聞其卒，震悼，賜祭葬如例。謚曰襄勤。

（清劉咸修、吴昆田纂《（同治）清河縣志再續編》卷二，清同治十二年刻本）

黎世序

黎世序，字湛溪，羅山人。嘉慶丙辰進士，即用知縣，洊升淮海道。時南河總督陳鳳翔得罪遣戍，世序代之。

初，南河自有明末造，逮於國朝破敗決裂。聖祖乃特簡靳輔爲河臣，繼以張鵬翮而大治，安瀾順軌，百有餘年，至是復壞。其時兩江總督百齡有言曰：『海寓承平，國家閑暇，借要工爲汲引張本，借帑項爲揮霍鑽營。河員皆紈袴浮華，工所真花大酒地，蓋至舊規全廢。』黄强淮弱，豐工、邵工、睢工、鄗工、王營减壩、蘇家山、陳家浦、馬港口叠次漫決，河身中飽，淮水南趨，歲漕四百萬石待之以行。顧此失彼，左絀右支，幾成瓦解土崩之勢。世序適承其敝，淡泊寧静，一湔靡俗，修靳、張之治，以束水攻沙、蓄清敵黄爲急。其束水也，主於繕堤防，海口接築長堤，使水不散漫而滌淤有力；其蓄清也，謹守五壩，使清水長足，糧艘得以浮送。而黄河堤防之守，則又恃乎閘壩。於是請建清河、黄河北岸減壩及徐州之虎山腰減壩，以泄异漲，而保長堤。而黄河暴漲，堤工奇險，則又於埽前抛碎石以摟護之，故能轉危爲安。蓋自嘉慶十八年迄於道光三年，南河雕替之餘平成獲奏者，世序之力也。其埽前抛碎石也，人言藉藉，上達九重，致勞垂問。而南河工員，亦無不諫止。世序毅然行之，詢諫者曰：『君等謂碎石漸趨中泓，將塞水道，害在目前乎，抑异日也？』皆曰：『不及四十年，必當爲害。』曰：『不及四十年，河流不復能在此矣。』其時爲道光元年，至銅瓦廂之決，凡三十五年，碎石阻塞水道之説，絶無其事，而河流北徙言果驗。

南河歲需以三百萬爲率。世序當孔棘之秋，工務繁興，每歲必省二三十萬，部臣猶駁。詰之他人，無事而必罄此三百萬，部臣不言也。其清操孤立如此。

以縣令起家，爲循吏，勤於治民。及爲河督，猶以民爲念。召父老問疾苦，見清淮地瘠民貧，勸興種棉織布之利。道光元年，境内大荒，設粥廠散錢米，用官錢至六萬。縣之文廟圮，修之。崇實書院有燕家社膏火田六百畝，前河督吴璥奪與普應寺僧，世序復以歸書院。課士極嚴，一時士師之，民父之。卒之日，邑中罷市巷哭，數十年來所未有也。文廟以世序卒之次年落成，士民建祠於右，以寄思慕焉。

通《易》理，邑人蘇秉國著《周易通義》，延與講論。著《河上易注》，梓行。又有《湛溪文集》。

宣宗知世序忠勤，嘉之曰『幹國良臣』。聞其卒，震悼，賜祭葬如例。謚曰襄勤。

（清光緒《清河縣志》卷十七，清光緒二年刊本）

黎世序

黎世序，字湛溪。初名承惠，河南羅山人，嘉慶元年進士，授星子知縣。調南豐，再調南昌。南昌爲坿省首邑，事繁劇。世序每晨起視事，退食後接賓客理案牘，恒五夜不倦。老吏驚，以爲神。西鄉地苦水潦，新穀不登者數載。世序捐俸築堤，民得無患。壬戌癸亥洊饑，勸分施賑之。事皆身親之。在官五年，以次興利除弊，驅玩法之徒，懲作奸之吏；庭無滯訟，獄無淹囚，治狀爲一時最。然邦人尤以創復東湖書院、沾溉士類，傳爲美談云。累官至南河總督。卒謚襄勤。

（清光緒《江西通志》卷一百二十八，光緒七年刻本。又見江陰繆荃孫纂録《續碑傳集》卷三十三《河臣》）

黎世序

黎世序，字湛溪，河南羅山人。官淮海道時，南河總督陳鳳翔得罪遣戍，世序代之。初，南河自有明末造，逮於國朝破敗決裂。聖祖乃特簡靳輔爲河臣，繼以張鵬翮而大治，安瀾順軌，百有餘年，至是復壞。其時兩江總督百齡有言曰：『海寓承平，國家閑暇，借要工爲汲引張本，借帑項爲揮霍鑽營。河員皆紈袴浮華，工所真花天酒地，蓋至舊規全廢。』黃强淮弱，豐工、邵工、睢工、鄗工、王營減壩、蘇家山、陳家浦、馬港口叠次漫決，河身中飽，淮水南趨，歲漕四百萬石待之以行，顧此失彼，左絀右支，幾成瓦解土崩之勢。世序適承其敝，淡泊寧静，一湔靡俗，修靳、張之治，以束水攻沙、蓄清敵黄爲急。其束水也，主於繕堤防，海口接築長堤，使水不散漫而滌淤有力；其蓄清也，謹守五壩，使清水長足，糧艘得以浮送。而黄河堤防之守，則又恃乎閘壩。於是請建清河、黄河北岸減壩及徐州之虎山腰減壩，以泄异漲，而保長堤。而黄河暴漲，堤工奇險，則又於埽前抛碎石以摟護之，故能轉危爲安。蓋自嘉慶十八年迄於道光三年，南河雕敝之餘平成獲奏者，世序之力也。其埽前抛碎石也，人言藉藉，上達九重，致勞垂問。而南河工員，亦無不諫止。工員利歲修，故不樂此舉。世序毅然行之，詢諫者曰：『君等謂碎石漸趨中泓，將塞水道，害在目前乎，抑异日也？』皆曰：『不及四十年，必當爲害。』曰：『不及四十年，河流不復在此矣。』其時爲道光元年，至銅瓦厢之决，凡三十五年，碎石阻塞水道之説，絶無其事，而河流北徙言果驗。

南河歲需以三百萬爲率。世序當孔棘之秋，工務繁興，每歲必省二三十萬，部臣猶駁，詰之他人，無事而必罄此三百萬，部臣不言也。其清操孤立如此。

以縣令起家，爲循吏，勤於治民。及爲河督，猶以民爲念。召父老問疾苦，見清淮地瘠民貧，勸興種绵織布之利。道光元年，境内大荒，設粥廠散錢米，用官錢至六萬。縣之文廟圮，修之。崇實書院有燕家社膏火田六百畝，前河督吴璥奪與普應寺僧，世序復以歸書院。課士極嚴，一時士師之，民父之。卒之日，邑中罷市巷哭，數十年來所未有也。文廟以世序卒之次年落成，士民建祠於廟右祀之。

素通《易》理，邑人蘇秉國著《周易通義》，延與講論。著《河上易注》，梓行。又有《湛溪文集》。

宣宗知世序忠勤，嘉之曰『幹國良臣』。聞其卒，賜祭葬如例。謚曰襄勤。

（清光緒《淮安府志》卷二十七，清光緒十年刊本）

江南河道總督黎襄勤公墓志銘

梁章鉅

道光四年甲申春正月乙酉，江南河道總督、羅山黎公以疾終於位。公瘁力河防逾一星，終既以疾乞假，上即馳賜上藥，令安心調養。公自念受恩重，不敢以私廢公。疾亟，猶憑几披文牘，延見屬吏。比旨到，公已先卒。遺疏入，九重震悼，加尚書銜，贈太子太保。令有司議，恤典祭葬如制，謚曰『襄勤』，入祀賢良祠。尋賜御詩，命勒墓碑，有『偉哉防浚力，瘁矣十三年』之句。八月，孤子學淳等將扶櫬歸卜窀穸，先期請文志公墓。余與公同歲舉於鄉，從公河上爲屬吏，知公深，雖無文，不敢辭。

按狀公諱世序，字景和，號湛溪。初名承惠，河南羅山人。曾祖思哲，貢生，雍正初薦舉賢良方正。祖正司，國子生，考復典乾隆丁酉舉人。三世以公貴，贈如公官。

公幼孤而嚮學，乾隆甲寅舉於鄉，嘉慶丙辰成進士，授江西星子令。時公裁弱冠，吏役易之，下車即發奸擿伏。

調署南豐，尋調南昌首邑。前令疲於供頓，不遑治事。吏胥緣以爲奸，設廬拘阱，私縶無辜。公痛懲之，斷鞫精敏，凡數十年滯獄，至公盡決。邑西濱彭蠡，恒罹水患，舊有富倉圩扞之，前官數築輒潰。公親勘，捐資倡築圩，成速且堅，歲因屢豐。辛酉鄉試，爲舉賓興禮，是科中式十八人。邑有東湖書院址莱廢，爲民所侵，公捐地直復而恢之。又勸輸以贍膏火，延名師主之。

遷饒州府同知，旋署饒州守，又署贛州守。贛民悍訟繁，龍南有婦，誣其夫行竊於所與奸者之家，因致之死。公廉得，平反之。安遠奸胥某，力能制其邑宰，民苦之。公莅任，即拘之，論其罪。

署袁州守，旋授江蘇鎮江守。轄地有練湖者，本曲阿後湖，舊分上下二湖。上湖既堙，惟下湖可潴水，然豪富占爲閑田。舊爲堤閘，啓閉有制，寖廢圮。夏漲則瀉，冬則涸。公建新閘三，葺舊閘一，可蓄可泄，灌田濟運兼賴焉。又修寶晋書院，增置學舍洲田；修丹徒縣學宫，皆自公發之。

再權常鎮道。辛未春，擢新設淮海道。時海口積淤，河南溢，陳家浦北溢，馬家港連歲決潰，民用昏墊。大學士長文敏公、戴文端公奉命出視，初議於雲梯關外接築長堤，直界海口，爲束水攻沙計。繼以工用不足減築三十里，盛漲水行至堤盡處輒倒漾。堤内仍以分流而淤及海口，下壅則上潰。故馬家港塞後，倪家灘、王營減壩、李家樓先後泛漫，灾數郡。僉謂馬家港未塞時，南河二年無決溢患，塞後一年且三決，不如改復馬家港，使河由海州灌河口入海，庶順其性爲中策議上，大府將决行之。適百文敏公總制兩江，集屬議之。公毅然曰：『此直無策耳！馬家港未閉，河雖二年無患，而運河潰壞三十餘處，蓋河倒灌入運者十之五，經流僅行其半，故馬家港灌河尚能容之。若挽全河入馬家港，決可立待。二年中，特移河之決於運耳。』時議改沸然。公著條議，以爲治河如潘印川、靳文襄，咸主束水攻沙。自河決馬家港，已蒙廷議浚復舊河，又接築新堤，使疾攻沙，與潘、靳符合。乃文襄築堤距海二十里，今新堤距海六七十里，適當東窪卑窊處止，引河又未接疏，致河由南北堤尾股分爲三，溢溢四出，正溜遂微弱。宜於冬令灘涸易取土時，由新堤接築三十里至大淤尖止，估工裁十餘萬金。復於新堤培而廣之，間築防風，亦十餘萬金。通計糜金不及三十萬，可使河水力刷，自爲深通，無羨泆患。滔滔萬言，洞達剴切。百公大嘆服，立奏聞，悉如議行。識者謂南河迄今奠安，尾閭通鬯之力也。

以減壩工竣，加按察使銜，調淮陽道。次年秋，以三品銜升署江南河道總督。時海口雖通，河久淤墊，必大蓄湖水使高於河，東注刷之。而山盱五壩之仁、義、禮三壩，啓放久因峭深不可復。公議於蔣家壩南改建三壩，又爲引河，三壩之過水、河之泄水皆有制。

甲戌，以霜降安瀾，加二品銜。公又以河暴漲時專倚閘壩殺之，蕭南毛城鋪分泄之制不可復，而北岸下薄運河，不敢議泄，乙亥，奏請於徐城西北十八里屯及苗家山、虎山腰山因山鑿之，建壩三，俾得分泄。疏入，報可。復蒙御製徐州新建壩工碑文志之。賞加二品銜，爾昌案：前既加二品銜矣。此句疑衍。并賞戴花翎。

睢南峰山設有四閘，但啓用二三閘，其二半因山半因地河較高，泄益不利。丙子，奏請於虎、龍二山間鑿山足建滾壩，使水大減。又奏於峰、泰二山間鑿建滾水壩，於是籌宣泄益周。

初，柴秸直昂費糜，公於長河埽工挺險處所，兼以碎石填護，埽遂無失，秸直亦平，遂奏減直十之一。庚辰，又奏禦黄、束清兩壩址過深，請積石基之，俱有效。而胥儈側目，异議蜂起。公嘆曰：『昔賈讓策言爲石堤五師，古云聚石堤旁衝要之處激去其水。酈道元《水經注》載王誨言大河以竹籠石葦葺土爲遏壞敗無已。請疏山采石，叠以爲障，工防宜石，古籍顯著。余亦爲固工節帑計耳，敢逞私智以債國事乎？』

上御極之元年，公與總督孫公合奏。其略云：『徐城舊有護堤碎石，即濱山工埽亦以填護，實足障禦湍溜。碎石既利於徐，於長河宜無不利。夫河防，平時恃埽，水盛没灘，始恃堤。至河流紆曲，溜勢逼堤，則又恃埽。衛堤爲埽壩專用，柴秸即堅實亦易朽腐。每歲拆舊使新，費倍力殫。自間埽填石，上下均倚爲固，且埽斗立易激水怒，故埽前淘深或四五丈或六七丈，石則迤下高一而坡二之水遇坦坡，即游緩無湍激；又膏以河泥，凝緻鞏固，故有石之埽，恒少蟄陷。其上下無石之埽，即朽塌補築亦易爲力。難者謂石數衝掣，漸入中深，恒病梗閼，不知南北堤相距千餘丈不等，至狹率七八百丈。河流經者不過二三百丈，餘盡灘淤，旁溜遷徙靡常，攻塌南堤則北堤生灘，逼扼此堤則彼灘沙涌，埽石既不患攻塌，則溜且去而刷灘。夫以廣千丈之河，豈懼此十餘丈之埽石？且河中深率一二丈，獨埽前溜激，始鏤嚙至四五丈，中深不及埽前之半。石既沉重，假護埽前，庸能捨此之下而就彼之高哉？』奏入，得旨，歲行之爲例，時議始息。

河至徐界最窄隘，豫省既屢次灘淤日甚，并疊浚引河，積土成山，屆盛漲下衝，水驟壅高，郡益瀕險。郡治北門薄北岸，民居亦迫近河中，廣僅八九十丈。漲涌吞灘，漂敗民廬無數。公籌給民遷移之費，展廣河四十丈，次年伏溜北馳，直注新河，北岸廣百三十餘丈，遂無河流逼束之患。

辛巳冬入覲，加太子少保銜。瀕行，賜以詩，中外榮之。是年，清河大饑，邑民請於公，爲權僚吏助賑。又縣文廟制度卑隘，易其地而廓之。清江浦向係土街，雨即泥淖，不可行，今易爲石。公之勤飭實政多類此。

公性潔直，勇於趨公。尤善商功，謹度支，而繩人不苛刻。故工帑歲節而屬吏用命，河淮晏然十二年。卒日，淮之民多驚怛墮泪，籲請建專祠。丹徒、南昌士人亦如之。知遺愛在民深矣。

公少好學，深於《周易》《參同契》，乃盡悟天人交感之旨，成《河上易注》十卷，《參同契注釋》二卷。又注《毛詩》，以病未成。

公生於乾隆癸巳三月二十三日，卒年五十有二。夫人黃氏，光州學生僩女。子三：學淳，二品蔭生；次學淵；次學澄。

銘曰：

惟嵩之陽淮之濆，降精誕哲生偉人，治縣治郡召杜倫。監咸成策靳與潘，抵斥群説培堤垣。昔工旁附填草薪，怒湍迅嚙潰則頻。公乃起徙石灾揵，度支歲節工且堅。十載不事常茭搴，實政具舉風還淳。昔者淮民同漂淪，縣尉沉竈無晨昏，今作室家成聚村。昔者淮民苦流遷，擔具襁子投關津，今守田井鷄犬聞。百城捍衛澤如春，豈惟淮浦蘇涸鱗。梁木忽壞中臺奔，九重悼嘆追策勛。尚方頒祭宸翰宣，群仰峴碑拜董墳。卜兆安吉松楸繁，我文紀實藏公穿，令名不竭山不騫！

（民國閔爾昌《碑傳集補》卷十六，民國十二年刊本）

附録三　祭奠評介

代某祭黎襄勤公文

董士錫

大星晨落，璧月宵傾；鬱鬱埋玉，懷慟千齡。天路王驂，箕精傅宅；生秉崧神，没靈河伯。惟公之世，德門孔光；昌于大令，作善降祥。贈公英英，獨承秀孝；有待于公，裕後啓效。公成進士，作宰西江；司馬太守，用式南邦。觀察河堧，遂膺帥寄；一十三載，豐功有懿。公精聽斷，治譜葬儔；每考必最，善政優游。德惠所敷，不可殫紀；愛在蚩氓，懷于庶士。公于治水，本學而行；嘉績之奏，惟斷乃成。富倉之圩，瀕乎彭蠡；公令南昌，躬親勘理。等其貧富，則其公私；長圩競築，水患以衰。丹陽練湖，水維有蓄；公守鎮江，首勤荒度。乃蒐吾册，乃詢吾民；僉曰修之，洵速且仁。海口積淤，河行不利；公監淮海，敬陳至計。攻沙束水，接築長堤；宗潘述靳，前籌允宜。公督南河，丕猷克振；法古勿泥，因時勿循。山盱五壩，操縱不靈；閉同欹器，啓若建瓴。公相其東，移建三壩；敵黄濟運，減而不瀉。毛城分泄，制難修復；十八里屯，因山而鑿。爲壩者三，苗山虎山；俾均得泄，霜汛瀾安。賜戴華翎，御碑紀事；龍虎峰泰，鑿各如意。長河護埽，碎石是資；用平柴秸，亦減煩縻。議者紛呶，公乃入奏；果蒙恩鑒，浮言不售。初承温諭，繼錫詩章；加爾宫保，惟臣汝良。徐州黄河，其道九隘；積土乘流，如山而壞。公請展寬，一載爲程；讫乎次伏，𠯻嗞而行。方冀長存，永沾福蔭；何期遘疾，龍蛇告祲。水土陸守，人之云亡；誰其嗣之，予心實傷。恤贈尚書，皇情隆甚；晉加太保，宫銜一品。錫謚有典，襄勤似之；易名摭實，誰曰不宜。惟公與予，交同昆季；每有嘉獻，莫不見示。公俟予酌，予無公違；穆若金蘭，久敬無虧。知音實希，人琴俱逝；庶幾後嗣，清風勿隊。公精《易》學，大帙裒嗞；旁悟道妙，索隱鈎元。立德功言，基仁勇智；才大心小，魂强魄毅。生芻一束，絮酒盈卮；設祭靈階，零涕漣洏。烏呼哀哉，尚饗！

（清董士錫《齊物論齋文集》卷六，清道光二十年江陰暨陽書院刻本）

挽黎襄勤公世序

林則徐

道光四年春，孟月辰在乙；神光騰天庭，白氣貫紅日。維公邦之幹，康濟本經術；弱冠來田間，雍容對宣室。三清肎高步，百里膺外秩；鵬翼搏回風，飛翔詎遑息。峨峨二千石，治行數第一；豫章十三郡，所至政聲溢。江南古大邦，財賦計所急；轉輸達通潞，黄流患飄颶。前朝疏運河，引淮計周密；沙走堤不堅，時時潰狂潏。下流苦昏墊，材官籌秸秸；屢塞復屢決，帑金歲萬鎰。昔公官監司，馬港正奔汩；議築海口堤，道謀久始集。先皇慎心簡，倚任專且壹；

弭節宣房宫，一紀河患釋。剛士制剛水，五行悟生尅；用石如用兵，堅瑕理深測。奇功創始難，衆議互沮尼；時維任城相，莅事矢精白。商榷掃群翳，水衡戒剥蝕；費減工倍修，金堤鞏無失。往年豫州境，波濤灌城邑；豈真水逆行，泥沙或淤塞。淮徐悉安堵，成效差可識。今皇御宇初，嘉謀獻宸極；側席咨防河，指畫皆上策。滔滔昆侖波，萬里順軌則。奚獨轉漕便，澤國民乃粒。賜詩嘉勞臣，裔皇仰丹筆。景曜縣中天，斜光忽西昃；哀歌溢塗市，洪波助悲咽。遺章達九重，輟食重軫惜；宫階晋六太，尚書命載錫。兼廣任子恩，温問及素韠；咨爾秩宗官，典禮議殊恤。同朝盡感嘆，佳傳偉可述。余也蓬牖儒，《水經》匪諳習。昨年隸麾幈，講畫領親切。一編河上書，公著《河上易注》。苞符闡天德。知公裕經緯，爻象義從出。追隨日雖暫，眄睞荷榮特。冬日朝天還，公方示微疾；招邀具盤飧，憂勞見顔色。居安仍慮危，惴惴不遑逸；從來大臣心，肯爲一身恤。相違月甫周，幽明竟長隔。聞公遘祆夢，銅符佩鬱律；天雷千金文，元圭字青赤。元日揲朱草，京焦啓奥賾。爻在師之升，玩辭意罔懌；二者近冥契，誠至理與浹。灑然去來間，先機兆淵默；殷殷報國心，撫躬一凄惻。繁霄五緯陳，大星隕淮北。公歸固寡憾，僚采孰矜式。爰溯乾嘉朝，論河幾儔匹！參之潘靳間，肸蠁宜廟食。尤願繼公者，成規奉無斁。榮光頌上瑞，永永慶安謐！

（清林則徐《雲左山房詩鈔》卷二，清光緒十二年刻本）

自清江浦渡河書感

張際亮

驚風吹白雁，落日滿黄河。萬古長淮水，滔滔起夕波。徒嗟宋年遠，黄河入淮始宋。不見禹功多。誰導昆侖勢，還循碣石過？使者常開府，何人獨懋勛？堤防關轉運，籌策費紛紜。駭浪高吞屋，頽沙亂汩雲。百年遺父老，幾見蕩廬墳？往日文襄烈，勤勞殫十年。群公紛謗議，聖主獨矜全。風雨存祠廟，蛟龍畏簡編。靳文襄治河方略實千秋河務指南。荒堤行馬處，衰柳幾蒼然。近者褒嘉禮，謂黎襄勤。何殊聖祖朝。波濤民有泪，鼉鰐爾母驕。笯發司空亟，官同榷使饒。風帆看轉漕，海水日迢迢。時復有海運之議。

（清張際亮《思伯子堂詩集》卷八，清刻本）

黎襄勤公祠 在東湖書院左祀前南昌縣知縣黎世序

許應鑅

《縣志·閔鐄黎襄勤公祠堂記》

晋贈太子太保、加尚書銜、江南南河河道總督黎襄勤公以今年正月廿一日薨於位。天子軫念勤勞，優加贈恤，予謚特旨入祀賢良祠。懋賞酬庸，洵曠典也。而天下凡公臨莅之所，紛紛籲請建祠祀公，則下民愛戴出於心之同然，所爲没世不能忘也。

公宰吾南昌五年，興利除害，所以愛民者無不至，而民之愛之亦實親且切焉。日者二月初十公凶聞至南昌，若士若民徬徨悲慟而不能已，乃設公位於東湖書院，哭而奠之。鄉人士群集，遂相與謀所以報公者。一曰：『公治南昌，何愧古名宦！具公治狀，呈請上臺，祀於學宫，古之道也。』一曰：『公之惠我南昌大矣！祭於學宫未足爲公報也，必也祀以專祠，庶幾有以攝虔妥靈，昭示後世。』一曰：『二者皆當行之，而專祠爲主。』顧祠寢當稔其意。所適祀事，必冀乎神所歆；凡人事，過易忘，情疏易忽。今也欲求公意所適、神所歆，而要之以不可忘，不可忽，其惟祀之東湖書院乎？東湖書院自宋迄今廢幾五百年，公一旦復之，不日成之，聚一邑之子弟教育其中，澤之以《詩》《書》，淑之以《禮》《樂》，教化行而民興行，南昌風俗日益醇茂，人士彬彬然。孰非書院優游漸漬之化所致，今二十餘年，弦誦益盛。過書院者，未嘗不嘆。公五年中精神心力會萃於此，而貫注於無窮也。書院有講堂，公曩與諸生學問聚辨，恒憩於斯，茗椀鑪香，語輒竟日，公習而樂之。臨去南昌，以衙齋所蓄桂蘭天竹四罌貽書院，命植之講堂前曰：『識不忘也。』後公移守鎮江，洊督南河，去南昌十五六年，二千里外猶惓惓書院，時有書勖勉生徒毋忘舊章，是又公一生心思意念之所眷戀弗釋者也。祀公於是，適公意也。而公之神靈實式憑焉矣。東湖書院經費，五鄉紳士共守之，可大而可久；祠堂費用取諸書院，勿憂其不繼。書院不敝，公之功德終不能忘也。春秋必祭，生忌日必享，朔望必謁，諸生徒日夕肄業祠旁，睪然高望，穆然深思，其又孰敢或斁乎哉！所以報公無窮盡已。僉曰：『善。』乃即講堂重加修節，另闢門户，改爲公祠堂。庭宇宏敞，几筵肅穆，諏以三月吉日備物具儀，奉公神主升座，禮成謹拜，手而爲之記。

公名氏政績具《名宦志》，兹不列。

（清許應鑅《（同治）南昌府志》卷十三，清同治十二年刻本）

孫寄圃挽黎襄勤河帥世序聯

梁章鉅

孫寄圃相國挽黎襄勤河帥世序聯云：

隻手障狂瀾，立德立功，水土平成君不朽；

八年聯舊雨，如兄如弟，芝蘭凋謝我何堪。

相國不以書名，而手寫此聯，大字如斗，莊嚴合矩，儼如其人。時余官袁浦，曾親見之。

（梁章鉅《楹聯續話》卷之三，清道光南浦寓齋刻本）

附録四　遺事輯佚

黎襄勤公病中异夢

葉廷琯

外舅陳雲伯先生爲余言：『河帥黎襄勤公治河，十三年安瀾無事。雖由福命，然其生平精白，乃心吏民共悉。道光甲申春薨於位。先於癸未冬得夢甚异，有詩以紀。及卒時，坐而假寐，白氣彌空。家無餘財，衆目所睹，咸以爲公之清節，生天必矣。』嘗録其詩見示。序云：『道光三年，歲在癸未。嘉平月二十一日封篆之期，予方苦病，纏繞數月，夜卧多不成寐。是夕忽睡著，夢帝錫予銅符篆紋，如古錢形，長約三寸許，寬約二寸。夢中讀之，不甚記憶，上有「天雷」二字，下有「不但千金」四字，餘字不甚了了。又似同節相孫制軍閲視，不知主何凶吉，詩以記之。』

道光癸未冬，病魔苦爲祟。痞塊填胸膺，腸胃復泄痢。進食苦難消，夜卧多不寐。參朮訖無靈，醫工術徒試。嘉平廿一日，就枕忽酣睡。夢帝賚銅符，珍重拜恩賜。長方不數寸，古篆渾難識。上列『天雷』文，下有『千金』字。其餘言尚多，模糊不記憶。既醒自尋思，蒼蒼是何意？或予河干走，尚有微勞勤；神人慰勉予，愛身毋自弃。抑或禄命盡，合作天雷使？君子安義命，達者一心志。堅定向道心，不以生死异。爰作五言詩，用紀侑來祀。

此事似涉奇幻。然古來名臣，没而成神，如寇萊公爲閻浮主，韓魏公爲紫府真人，見於載籍甚多。蓋其心可與鬼神質，即其氣自與天地通，非可以怪誕論也。

（清葉廷琯《鷗陂漁話》卷一，清同治九年刻本）

黎湛溪

尚鎔

黎侯湛溪，治奸民最嚴，人多化爲善，無怨之者。宰南豐時，有積蠹六人横於市，人無敢忤。侯甫莅任，飛籤擒之，鞭笞數百，使六人共荷一枷，遍游城市，觀者稱快。由是終侯任，市井肅清。某寡婦桀黠，貪污侵凌市人，人尤側目。侯廉得之，比役嚴捕。衆役至其家，重門洞闢。寡婦短衣紅帓，首手雙刀閃爍如雪。立堂前，而大呼曰：『來！汝不畏死，請血是刀！』役素畏其勇，不敢逼。誘之使前，則又曰：『勿多言！汝衆我寡，試决命而争首！』役卒不敢近，廢然而返。然寡婦雖桀黠，最畏其姒。其姒技擊尤精，力尤猛，而持躬以禮。寡婦夫在時，每奴使其夫，姒見之，輒訶止。稍抵觸，則出諸門墻之外，如擲瓦然。寡婦無子女，自侯嚴捕之後，匿迹不復爲非，至今猶在。侯後調南昌，尤善治盜，捕必獲，情必得。役無需索獄，少留滯。識者方之于清端公云。

右書事尚鎔撰。

（《國朝耆獻類徵初編》卷二四八《守令三十四》）